»Mister Gott muß sich manchmal ganz klein machen, sonst weiß er doch überhaupt nicht, wie ein Marienkäfer lebt – oder?« Das sagt Anna mit fünf, ein Jahr nachdem Fynn sie als Strandgut in den Londoner Docks aufgelesen hat. Drei Jahre hängen die beiden wie Kletten aneinander, und Anna erklärt Fynn, was das wirklich ist: Gott und die Welt, Menschen und Liebe, Lachen, Angst, Freude und Trauer. In diesen drei Jahren »erforschen« und erfahren die beiden mehr als viele Menschen im ganzen Leben.
Anna hat wirklich gelebt, und Fynn (unter anderem Namen ein irischer Mathematiker) hat Annas Geschichte so wirklich erzählt, wie Anna wußte, was Wirklichkeit ist. Auch ihren »literarischen Nachlaß« hat Fynn für uns entziffert und behutsam in eine für uns verständliche Sprache übertragen.

Anna ist seit ihrem ersten Erscheinen 1974 Millionen von Lesern ans Herz gewachsen. Kein Wunder, denn dieses himmlische Buch, das zufällig auf die Erde gefallen ist, ist nur noch mit der Weisheit und Poesie des ›Kleinen Prinzen‹ vergleichbar.

# Fynn

# *Anna und Mister Gott*

*»Hallo, Mister Gott,*
*hier spricht Anna«*
und
*Anna schreibt an Mister Gott*
in einem Band

Aus dem Englischen von
Helga Heller-Neumann
und Jörg Andreas

Fischer Taschenbuch Verlag

3. Auflage: Januar 2003

Veröffentlicht im Fischer Taschenbuch Verlag,
einem Unternehmen der S. Fischer Verlag GmbH,
Frankfurt am Main, November 2002

Lizenzausgabe mit freundlicher Genehmigung
des Scherz Verlags, Bern, München, Wien
Titel der Originalausgaben:
›Mister God, this is Anna‹

›Anna's Book‹

Druck und Bindung: Clausen & Bosse, Leck
Printed in Germany
ISBN 3-596-50608-5

*»Hallo, Mister Gott, hier spricht Anna«*

1

# *Der liebe Gott spricht englisch*

»Der Unnerschied von einen Mensch und einen Engel ist leicht. Das meiste von ein Engel ist innen, und das meiste von ein Mensch ist außen.«

Anna war sechs Jahre alt. Manchmal hieß sie Fratz. Mit fünf Jahren kannte sie den Sinn des Lebens und wußte, was Liebe ist. Dazu war sie eine persönliche Freundin und auch Beraterin von Herrn Gott. Mister Gott eigentlich. Da die Engel selbstverständlich englisch sprechen, war anzunehmen, daß ihr oberster Herr das auch tat. Mister Gott also.

Anna war sehr gebildet. Theologie, Mathematik, Philosophie, Dichtkunst und Gärtnerei – nichts war ihr fremd. Fragte man sie etwas, bekam man unter allen Umständen eine Antwort. Manchmal verzögerte sich die Antwort, aber nach ein paar Wochen oder gar Monaten kriegte man sie – manche Dinge brauchen ihre Zeit. Die Antworten waren direkt, einfach und präzise.

Sie feierte ihren achten Geburtstag nicht hier; sie starb vorher bei einem Unfall. Sie starb mit einem Lächeln auf ihrem Gesicht. Ihr letzter Satz war: »Wetten, daß mich Mister Gott dafür in sein Himmel reinläßt.« Und ich wette nicht dagegen. Er tat es sicher.

Ich kannte Anna ungefähr dreieinhalb Jahre lang.

Manche Leute sind berühmt, weil sie allein die Welt umsegelt oder auf dem Mond zu Mittag gegessen haben. Jeder Mensch weiß von solchen Leuten. Mich kennt fast niemand, und doch erhebe ich Anspruch auf den Ruhm, Anna gekannt zu haben und, wie ich glaube, recht gut. Am besten eigentlich von innen – denn wie gesagt, »das meiste von ein Engel ist innen«. Und das hier ist die Geschichte, wie ich Anna kennenlernte. Seither habe ich noch zwei weitere Engel getroffen. Aber das ist wieder was anderes.

## 2

# *Wurst mit Rosinen*

Ich heiße Fynn. Natürlich nicht wirklich, aber so nennen mich alle, und es paßt zu mir. Ich bin groß, sehr groß eigentlich – einszweiundneunzig. Siebzig Kilo, neunzehn Jahre alt, damals. Mein Hobby waren heiße Cervelatwürstchen und Schokoladenrosinen – nicht gleichzeitig natürlich.

Am liebsten stromerte ich nachts im Hafen herum – besonders bei Nebel.

In einer solchen Nebelnacht begann mein Leben mit Anna. Ich schlenderte die Straße entlang. Es war ziemlich dunkel, die Häuser warfen nebelverbogene Schatten. Die Bäckerei war noch erleuchtet, obgleich längst geschlossen war. Das Schaufenster zeigte ein helles Viereck in einem widerwärtig feuchten Wetter. Unter dem Fenster saß ein kleines Mädchen auf einem Eisengitter. In dieser Gegend laufen häufig Kinder spät nachts noch auf der Straße herum. Aber bei diesem Kind war das anders. Warum es anders war, habe ich vergessen. Ich setzte mich neben die Kleine. Wir saßen da drei Stunden lang. Und ich bin heute noch überzeugt – sie hat mich verhext. Irgend so etwas muß es gewesen sein.

»Rutsch mal 'n bißchen«, sagte ich.

Sie rückte zur Seite und sagte nichts.

»Nimm dir eine Cervelat.«

Sie schüttelte den Kopf. »Gehört dir.«

»Ich hab einen ganzen Haufen Würstchen. Außerdem – ich bin völlig satt«, sagte ich.

Sie antwortete nicht. So legte ich die Tüte mit den Würstchen zwischen uns. Das Schaufensterlicht war nicht besonders hell. Die Kleine saß im Schatten. So sah ich nur, daß sie abenteuerlich dreckig war. Sie hatte eine zerfetzte, zerlumpte Puppe unter den Arm geklemmt; auf ihrem Schoß lag eine verbeulte Schachtel mit Buntstiften.

Wir schwiegen eine halbe Stunde lang. Ich sah, wie ihre Hand langsam in das Würstchenpaket schlich, und empfand tiefe Freude, als wenig später das Geräusch der zwischen ihren Zähnen zerplatzenden Wurstpelle zu hören war. Ein oder zwei Minuten später stibitzte die Hand ein weiteres Würstchen, dann das dritte. Ich zog ein Päckchen Zigaretten aus der Tasche.

»Kann ich rauchen, während du ißt?« fragte ich.

»Was?« Ihre Stimme klang alarmiert.

»Kann ich mir eine ins Gesicht stecken, während du ißt?«

Sie rutschte herum, kniete sich auf das Pflaster und sah mir ins Gesicht.

»Warum?« fragte sie.

»Meine Mutter besteht auf meiner feinen Erziehung«, sagte ich, »man pustet einer Dame keinen Rauch ins Gesicht, während sie Cervelatwürstchen ißt.«

Die Kleine starrte einen Moment lang das halbe

Würstchen in ihrer Hand an, dann fragte sie: »Warum, hast du mich gern?«

Ich nickte.

»Dann steck dir eine ins Gesicht.« Sie lächelte und stopfte den Rest des Würstchens in den Mund.

Ich hielt ihr das brennende Streichholz hin. Sie pustete und übersprühte mich dabei mit einem Regen kleiner Wurststückchen. Plötzlich schrak sie zusammen. Ihren Blick werde ich nie vergessen. Sie biß die Zähne zusammen. Ihr Gesicht verzerrte sich in Erwartung einer Ohrfeige. Was mein Gesicht ausdrückte, weiß ich nicht. Jedenfalls gab sie einen so kläglichen, traurigtrockenen Schluchzer von sich, wie ich ihn nie gehört hatte und wie ich ihn auch nie wieder hören will. Der Ton schnürte mir die Kehle zu, und ich begann zu lachen. Was konnte man auch anderes tun bei so viel Kinderangst und Kindertrauer? Ich lachte und lachte und konnte nicht aufhören. Dann sah ich, daß auch sie begonnen hatte zu lachen. Da kniete kein erbärmliches Bündelchen Angst mehr vor mir. Sie lachte, sie kniete auf dem Straßenpflaster, reckte mir ihr Gesicht entgegen und schüttelte sich vor Lachen. Wie viele Male in den folgenden drei Jahren habe ich dieses Lachen gehört. Es klang nicht wie Silberglöckchen; es war eine Mischung aus Hundegebell, Motorrad und Fahrradluftpumpe.

Ich packte sie bei den Schultern und stellte sie auf Armeslänge auf die Beine. Dann kam der Blick, der nur Anna gehörte. Sie sah mich an, Mund weit offen, Augen noch weiter offen. Ihr ganzer kleiner Körper vibrierte. Beine, Arme, Finger, Zehen, alles zitterte.

Ein kleiner Vulkan stand vor mir. Sie lachte und konnte nicht aufhören. Sie versuchte, etwas zu sagen, aber es kam nichts Rechtes zustande.

»Du . . . du . . . du«, lachte sie. Dann rang sie sich bei all dem Gelächter einen Satz ab: »Du, du magst mich?«

Was für eine Antwort gab es darauf? Es gab nur eine. Ich sagte: »Ja.«

Sie kicherte, tippte mich mit dem Zeigefinger an. »Du hast mich lieb«, und trudelte um die Straßenlaterne. »Du hast mich lieb, du hast mich lieb.«

Einen Augenblick später sagte sie: »Ich bin überhaupt kein bißchen durstig.«

So gingen wir in die nächste Wirtschaft und kauften eine Flasche Bier. Sie wollte die »braune Flaschenflasche mit so'n komischen weißen Knopf drin«.

»Gehn wir zurück zu diese Backbäckerei«, grinste sie.

Da saßen wir also wieder – der Große und die Kleine. Ich glaube nicht, daß wir mehr als die halbe Flaschenflasche tranken. Denn es stellte sich heraus, daß es viel schöner war, so ein Brausegetränk tüchtig zu schütteln, und dann, pscht, schoß eine Spritzfontäne über die Straße.

»Jetzt du«, sagte sie. Es war keine Bitte, das war ein Befehl. Ich schüttelte kräftig, und der Stöpsel flog heraus. Ein Schwall von Bierschaum regnete auf uns beide nieder.

Während der ganzen nächsten Stunde gab es Gekicher, weitere Würstchen, mehr Bier mit noch mehr Schokoladenrosinen. Den Vorübergehenden schrie sie hinterher: »He, Sie da, er mag mich, er mag mich.« Hinauf die Treppe am Haus gegenüber. Sie rief mir zu: »Ätsch, ich bin größer als du.«

Gegen halb elf saß sie zwischen meinen Knien und begann eine ernste Unterhaltung mit Maggie, der Lumpenpuppe.

Ich sagte: »Du gehörst jetzt ins Bett. Los. Wo wohnst du?«

Mit langsamer Stimme erwiderte sie: »Nirgends. Ich bin weggelaufen.«

»Und deine Mammi und dein Pappi, wo wohnen die?« fragte ich.

Sie hätte ebensogut antworten können, das Gras ist grün – der Himmel blau.

Sie sagte nur: »Sie ist eine Kuh, und er ist ein Säufer. In das Scheißhaus geh ich nie mehr. Ich wohn bei dir.«

Ein etwas ungewöhnlicher Befehl, in einer etwas ungewöhnlichen Sprache. Aber man konnte nichts dagegen machen.

Ich sagte: »Na schön, du kannst mitkommen; morgen sehen wir weiter.«

## 3
## *Das Bad in der Küche*

An diesem Punkt begann meine eigene Erziehung. Ich hatte mir da eine große Puppe eingehandelt – aber nicht eine aus Gummi, gefüllt mit Holzwolle. Diese da war lebendig – und wie, eine Bombe auf zwei Beinen. Mir war ein wenig schwindlig, so wie nach zu vielen Karussellfahrten, und es erstaunte mich kein bißchen, daß die Puppe, die ich am Schießstand gewonnen hatte, nun neben mir herlief und entschlossen war, mich nicht mehr zu verlassen.

»Wie heißt du eigentlich?« fragte ich.

»Anna. Und du?«

»Fynn«, sagte ich. »Und wo kommst du her?«

Keine Antwort – und das war das erste und letzte Mal, daß ich auf eine Frage von Anna keine Antwort erhielt. Erst später erkannte ich den Grund. Sie hatte Angst, ich würde sie zurückbringen zu ihren Eltern.

»Wann bist du zu Haus ausgerückt?«

»Och, so vor drei Tagen, glaub ich.«

Wir kletterten über den Bahndamm, was verboten war. Aber der Weg war kürzer. Wir schlichen durch den Hintereingang in die Küche. Ich drehte das Licht an. Zum ersten Mal sah ich Anna wirklich. Gott weiß, was ich erwartet hatte, aber es war sicherlich nicht das, was ich zu sehen bekam. Es ging gar nicht darum, daß die Kleine schmutzig war oder ihr Kleid fünf Nummern zu groß. Es war nur die komische Mischung. Bier, Fettflecke und die Farben aus dem Malkasten. Sie sah aus wie ein wild gewordenes Ferkel – die Malfarben waren großzügig und abenteuerlich über die ganze kleine Person verteilt. Sie sah so komisch und dabei so winzig aus, daß ich sie auf den Arm nahm und hochhob, damit sie sich im Spiegel über der Kommode sehen konnte. Ihr Lächeln war ein Junitag. Ich selber sah kaum anders aus. Die Malfarben färbten geradezu infam auf die gesamte Umgebung ab. »Ein schönes Paar«, wie meine Mutter später sagte.

Jetzt klopfte sie jedenfalls von nebenan gegen die Wand. Dreimal Bum-bum-bum. Das war ihr Signal. »Bist du's? Ich bin schon im Bett. Dein Abendessen steht im Backofen, und vergiß nicht, das Gas abzudrehn.«

Sonst schrie ich höchstens: »Okay!« Aber heute war das anders. Ich rief den Flur entlang: »Mama, komm und sieh dir an, was ich mitgebracht habe.«

Meine Mutter wunderte sich niemals über irgend etwas. Sie machte auch niemals Theater wegen irgendwelcher Dummheiten, über die Katze Bossy zum Beispiel oder über Patch, den Hund, auch nicht über den achtzehnjährigen Carol, der zwei Jahre bei uns wohnte; auch Danny aus Kanada blieb einfach da – drei Jahre lang. Manche Leute sammeln Briefmarken oder Bierdeckel. Meine Mutter sammelte Kinder, die sich verlaufen hatten, sie sammelte verlassene Kinder, verlassene Hunde, Katzen, Wellensittiche. Hätte ich ihr in jener Nacht einen verlassenen Löwen mitgebracht, so hätte sie nichts anderes gesagt als »das arme Ding«.

Sie kam herein – ein Blick genügte. »Das arme kleine Ding«, rief sie. »Was haben sie denn mit dir gemacht?« Immerhin sah sie auch mich an und bemerkte nur: »Du siehst aus wie ein Schwein, wasch dich.« Dann kniete sie auf dem Boden und nahm Anna in die Arme. Nur einen Augenblick lang. Dann lief die Operation »Bad für Anna« an. Sie warf mir einen Blick zu, der hieß »laß das Kind nicht länger in den nassen Fetzen herumstehn«. Die Küchentür flog auf. »Stan, Carol«, schrie sie hinaus, »sofort herkommen!«

Stan ist mein zwei Jahre jüngerer Bruder, Carol eines von den verlassenen Kindern. Kessel mit Wasser wurden auf den Herd gewuchtet. Zinkbadewanne, Seife, Handtücher, Waschlappen. Ein Badezimmer gab es bei uns nicht. Schließlich hatte ich Anna ausgezogen. Da saß sie auf dem Küchentisch mit gekreuzten Beinen, schweigend.

Stan sagte laut und deutlich: »Herrgott.«

Carol flüsterte: »Verdammt noch mal.«

Meine Mutter schaute erbittert und schweigend auf Anna. Für einen Moment schien die Küche gefüllt mit Haß gegen Unbekannt. Striemen von Schlägen, blaue Flecke, Quetschungen am ganzen Körper. Wer hatte die Kleine so zugerichtet? Aber da saß sie und lächelte. Der ganze Körper lächelte in seiner Armseligkeit.

Ich glaube, Anna war in diesem Moment zum

ersten Mal in ihrem Leben vollständig glücklich und zufrieden.

Nach dem Bad wickelten wir sie in eines von Stans alten Hemden. Es war ihr viel zu groß, aber das machte nichts. Wir fragten und fragten. Aber es gab keine Antworten. Außerdem hatten die Antworten auf so viele Fragen auch Zeit bis morgen, bis übermorgen. Stan und ich machten auf dem alten schwarzen Ledersofa ein Bett für Anna zurecht. Ich schlief nebenan im Wohnzimmer, einem Raum, der vollgestopft war mit staubigen Blattpflanzen und abenteuerlichen Nippes. Zwischen Annas Ledersofa und meinem Wohnzimmerbett gab es einen Vorhang an Holzringen. Klack-klack-klack machten sie, zog man den Vorhang auf und zu. Draußen vor dem Fenster stand die Straßenlaterne – sie schien durch die Tüllgardinen, so war das Zimmer immer hell. Tag und Nacht rasten Züge vorbei. Ich sagte schon, daß unsere Wohnung am Bahndamm lag. Nach neunzehn Jahren war man den Lärm gewöhnt, man wäre erschrocken gewesen, wären plötzlich keine Züge mehr vorbeigedonnert.

Annas Bett war gerichtet. Sie saß noch immer in der Küche in dem alten Rohrsessel. Bossy, die Katze, schnurrte auf ihrem Schoß, Patch, die fabelhafteste Promenadenmischung, die es je gegeben hatte, schlug zu ihren Füßen ab und zu wohlwollend mit dem Schwanz auf den Boden. Ein paar Wasserpfützen auf dem Küchenboden erzählten noch von der ausgiebigen Planscherei.

Und wir alle hatten diesen albernen Kloß im Hals –

dies zuschnürende Gefühl, das Kinder befällt bei dem Gedanken, heute, bald, in einer halben Stunde ist Weihnachten.

Anna hatte mich vor zwei Stunden gefragt: »Hast du mich lieb?« Jetzt war ich froh, daß ich ja gesagt hatte. Es gab gar nichts anderes als ja.

Meine Mutter sagte: »Also ins Bett jetzt. Sonst sind wir alle morgen nicht zu brauchen.«

So nahm ich Anna auf den Arm und trug sie zu ihrem Sofabett. Ich wollte sie zudecken, aber das war falsch.

»Betest du nich?« fragte sie.

»Naja, schon, nachher, wenn ich auch schlafen gehe.«

»Ich will aber mit dir zusammen beten«, sagte sie. So knieten wir beide vor dem häßlichen Sofa, und Anna betete:

»Mister Gott, hier spricht Anna. Vielen Dank, daß Fynn mich lieb hat. Das wollte ich dir bloß schnell sagen. Und jetzt schlaf gut.«

Mister Gott bekam einen Gutenachtkuß in die Luft – irgendwie würde er ihn schon erreichen. Auch ich bekam einen. Und später lag ich schlaflos im Bett. Der Nebel wallte um die Straßenlaterne vor dem Fenster. In meinem Kopf wallten ebensolche Nebel hin und her. Irgend etwas war plötzlich anders geworden.

Nach zwei Stunden hörte ich das Klack-klack-klack der Vorhangringe. Anna kam angeschlichen, leise, leise.

»He, Fratz«, sagte ich.

Sie flüsterte: »Darf ich zu dir?« Und schon

schlüpfte sie unter meine Decke, wuschelte ihren Kopf fest an meinen Hals. Und ihre Tränen liefen auf meine Brust. Zu sagen gab's da überhaupt nichts.

Von vergebens unterdrücktem Gekicher wachte ich am nächsten Morgen auf. Anna lag noch immer in meinem Bett. Aber Tränen kamen keine mehr. Carol stand bereits angezogen da und kicherte auch. Alles das in weniger als zwölf Stunden.

## 4
## *Mister Gott ist kein Problem*

Wochenlang versuchten wir herauszukriegen, woher Anna eigentlich kam. Wir fragten lieb, wir fragten raffiniert, wir behaupteten, alles zu wissen. Es nützte nichts. Sie schwieg und machte ein Gesicht, als sei sie geradewegs vom Himmel gefallen. Jedenfalls glaubte ich das – Stan war natürlich mal wieder viel sachlicher und lehnte derlei Vermutungen ab. Das einzige, was wir sicher wußten, sie ging in keine »Scheißpolizeistation«. Möglich aber auch, daß sie das von mir übernommen hatte. Dabei kam ich eigentlich mit den Polizisten ganz gut aus. In jenen Tagen gab's noch diesen komischen Begriff »die Polizei dein Freund und Helfer«. Die Jungs halfen manchmal wirklich, auch wenn sie einen bei irgendwelchen nicht ganz sauberen Dingern erwischten. Zur Polizei also konnten wir mit Anna nicht gehn. Außerdem wollten wir sie behalten.

Innerhalb weniger Tage hatte sie die Macht an sich gerissen. Die Kinder auf der Straße balgten sich um ihre Gunst. Beim Hinkepinke, beim Murmelspiel wollte jeder nur mit ihr spielen. Was sie vom Kreiseln, Laufen, Seilspringen nicht wußte, war auch für niemand anderen wissenswert.

Unsere Straße, zwanzig Häuser lang, war eine Art

»Vereinte Nationen«. Außer grün und blau waren alle Hautfarben vertreten. Es war eine interessante Straße. Niemand hatte Geld. Und ich kann mich nicht erinnern, daß je eine Haustür zur Tages- oder Nachtzeit abgeschlossen wurde. Eine gute Straße zum Leben. Die Leute waren freundlich. Aber einige Wochen, nachdem Anna von dieser Straße Besitz ergriffen hatte – ja, so konnte man es wohl nennen –, nach einigen Wochen also waren die Leute nicht nur freundlich, sondern sie strahlten geradezu.

Sogar die eigensinnige Bossy schmolz dahin. Bossy war ein kriegerisches Katzenvieh mit spitzen Ohren, das alle menschlichen Subjekte für Vollidioten hielt. Aber unter Annas Einfluß wurde Bossy sanft. Sie streunte nicht mehr herum und betrachtete Anna als gleichberechtigt.

Ich konnte mir nach Bossy die Lunge aus dem Hals schreien, sie hätte nicht einmal die Ohren gespitzt. Anna brauchte nur »Bossiiiii« in die Luft zu flüstern, und wie aus dem Boden gewachsen erschien sie geisterhaft in Sekundenschnelle. Sie war sonst eine zwölf Pfund schwere Furie. Entdeckte sie ihr frisches Futter in Zeitungspapier gewickelt auf dem äußeren Fensterbrett, so klaute sie es selbstverständlich nicht, sondern lauerte in einem Versteck, bis jemand kam, der unerlaubt die Hand nach dem Paket ausstreckte. Dann stürzte Bossy hervor mit gesträubten Haaren und spitzen Krallen, um die Mahlzeit zu verteidigen und danach augenblicklich zu verschlingen. Meine blutig zerkratzten Arme sind der beste Beweis dafür. Anna zähmte die Katze an einem Tag. Mit erhobenem Zeigefinger ließ sie eine Epistel über das Laster der Gefräßigkeit und die Tugend der Geduld los. Schließlich fraß Bossy ihr Fleisch manierlich in fünf Minuten statt in den sonst üblichen dreißig Sekunden. Sie ließ sich von Anna füttern. Annas Haut hatte nicht den kleinsten Kratzer.

Patch, der Hund, saß stundenlang zu ihren Füßen und heulte immer neue Melodien, zu denen er den Takt mit dem Schwanz auf den Boden klopfte.

Anna war eine Zauberin, aber niemanden verzauberte sie so gründlich wie mich. Fragte mich meine Mutter früher, wann ich heimkäme, so grunzte ich ein unbestimmtes »irgendwann vor Mitternacht«. Jetzt war das anders. Ging ich morgens zur Arbeit, begleitete mich Anna bis zur Straßenecke und drückte mir einen nassen Kuß ins Gesicht. Darauf schaute sie mich an und sagte: »Bis um sechs.«

Noch vor kurzer Zeit gab es an meinem Heimweg eine Menge Pinten und Kneipen, in denen ich ein Bier schüttete und häufig Freunde traf. Jetzt sah ich sie nicht mehr. Ich ging einfach nach Hause. Bog ich um die letzte Ecke, so wartete sie dort. Ob Regen, Schnee, Sonnenschein oder Sturm, Anna war da, um mich abzuholen. Ihre roten Haare leuchteten um die Wette mit einer giftgrünen Haarschleife. Manchmal kam sie langsam, ernst auf mich zu und berührte nur leicht meine Hand zum Gruß. Manchmal raste sie wie ein Schnellzug auf mich los und warf sich in meine geöffneten Arme. Hand in Hand gingen wir und schwiegen, oder es waren da die vielen Warum-, Weshalb-, Wieso-Fragen. Wie viele Probleme gab es? Nur die Sache mit Mister Gott war kein Problem.

Das hatte Anna längst gelöst. Häßlichkeit war dazu geschaffen, daß man sie in Schönheit verwandelte; traurige Leute gehörten glücklich gemacht, und bei alldem hatte man Mister Gott als verläßlichen Partner. Seine Aufgabe war es, überall mitzumachen.

Die Bibel beispielsweise brauchte man dazu überhaupt nicht. Die Botschaft war einfach, und jeder Halbidiot konnte den Inhalt der Bibel in bestenfalls dreißig Minuten kapieren. Religion war dazu da, daß man etwas tat, und nicht, um darüber zu lesen, was man tun könnte. Die Bibel war höchstens was für Kleinkinder in der ersten Klasse. Anna war über dieses infantile Stadium längst hinaus.

Unser Pfarrer fragte sie einmal: »Glaubst du an Gott, Anna?«

»Ja.«

»Weißt du, was Gott bedeutet?«

»Ja.«

»Was bedeutet er also?«

»Na eben, daß er Mister Gott ist.«

»Gehst du in die Kirche?«

»Nein.«

»Warum nicht?«

»Weil ich schon alles weiß.«

»Und was weißt du alles?«

»Ich weiß, daß ich Mister Gott lieb hab und Leute und Katzen und Hunde und Spinnen und Blumen und Bäume . . . und überhaupt alles; ich ganz allein mit meiner ganzen Figur.«

Carol grinste, Stan schnitt eine Fratze, und ich zündete mir rasch eine Zigarette an, wobei ich mich furchtbar am Rauch verschluckte und gräßlich husten mußte. O heiliger Kindermund, der imstande ist, alles in einem einzigen Satz zusammenzufassen. Und Gott sprach, liebe deinen Nächsten wie dich selbst – und das möglichst mit deiner ganzen Figur.

Die ganze Institution, genannt Kirche, war für Anna eine suspekte Sache. Gab es da tatsächlich Erwachsene, die in diesen Kindergarten gingen, so ging ihr die Beterei im Kollektiv gegen den Strich. Sie hatte ihre eigenen, höchst privaten Gespräche mit Mister Gott. Dafür aber eine Kirche aufzusuchen, das war in hohem Maß lächerlich. War Mister Gott nicht überall zu finden, so gab es ihn überhaupt nicht. Also waren diese turmbewehrten Häuser in jedem Fall überflüssig. Das war so einfach wie logisch. Gut, wenn man ein kleines Kind war, so etwa von vier Jahren, dann ging man einmal hin und bekam die heilige Botschaft erzählt. Und dann wußte man sie eben und richtete sich danach. Leute, die später noch weiter in die Kirche rannten, waren zu dumm, oder sie taten das aus Angeberei.

# 5
# *Anna sammelt Wörter*

Abends las ich Anna aus meinen Büchern vor. Sie hatte beschlossen, mit mir zu leben, also hatte ich ihr laut vorzulesen, damit sie an meinem Leben teilnehmen konnte. Was mich interessierte, interessierte auch sie. Nach einem Jahr hatte sie drei Lieblingsbücher. Eines war ein Fotobuch ohne jeden Text, dafür mit einer Unzahl Mikroskopaufnahmen von Schneeflocken und Eiskristallen; das zweite war die *Lehre von der vollkommenen Harmonie,* und als drittes wählte sie Mannings *Geometrie der vier Dimensionen.* Jedes dieser Bücher machte ihr gewaltigen Eindruck. Sie verschlang solche für ein Kind verrückten Dinge und produzierte aus dieser Mischung eine eigene Philosophie.

Am liebsten mochte sie jenes Kapitel aus der *Harmonie,* das sich mit der Deutung der Dinge beschäftigt. Ich las vor, und sie hörte zu und bedachte jedes neue Wort und seine Bedeutung. Dann entschied sie, ob der Autor recht hatte. Meistens schüttelte sie enttäuscht den Kopf. Die Erklärung schien ihr nicht gut genug. Manchmal stimmte alles, Wort, Name, Bedeutung, alles paßte zusammen, und sie strampelte aufgeregt herum.

»Schreib das auf, schreib das für mich auf«, rief

sie. Und ich schrieb das Wort in großen Buchstaben auf ein Stück Papier. Sie starrte das Wort mehrere Minuten lang an, wie um es nie mehr zu vergessen. Dann verschwand der Zettel in einer ihrer vielen Schachteln.

»Jetzt das nächste, bitte«, verlangte sie. Für manche Worte brauchte sie fünfzehn und mehr Minuten, um zu entscheiden: War das Wort wert, aufgehoben zu werden, oder nicht. Sie traf ihre Entscheidung in völliger Stille. Bewegte ich mich auch nur ein wenig, hob sie unwillig den Kopf und legte mir ihren Zeigefinger auf den Mund. Still. Still. So wartete ich geduldig. Wir brauchten vier Monate für den ganzen Abschnitt. Und es gab Augenblicke hoher Erregung oder tiefer Enttäuschung, die ich damals nicht verstand. Erst viel später kam ich dem Geheimnis ein wenig näher.

Seit unserer ersten Begegnung hieß der liebe Gott also Mister Gott. Den Heiligen Geist hatte sie Vehrak getauft; nur sie allein wußte, weshalb. Jesus war einfach Mister Gotts kleiner Junge. Eines Abends waren wir bis zum Buchstaben »J« gekommen. Da stand der Name. Ich las *Jesus*, aber ich hatte das Wort kaum ausgesprochen, da sagte sie: »Nein.« Dann kam eine abwehrende Handbewegung und: »Das nächste.«

Wer war ich, da zu argumentieren? Das nächste Wort war das hebräische *Jether*. Sie ließ mich den Namen dreimal sagen, dann sah sie mich an und verlangte die Erklärung. So las ich für sie: »Jether, er, der Auserwählte oder der Immerwährende, er, der Forscher und Sucher, er, der Weg oder die Linie.«

Das Ergebnis war verblüffend. Mit einem Satz sprang sie von meinem Schoß, drehte sich zu mir um, starrte mich an, die Fäuste geballt. Sie zitterte vor Erregung. Einen Augenblick lang dachte ich, sie sei krank. Aber das war es nicht. Was da geschah, ging tiefer als irgendeine Erklärung, tiefer, als irgend jemand erfassen mochte. Sie strahlte. Sie war voller Freude.

»Es ist wahr, ich weiß es. Das stimmt, das ist wahr, ich weiß es«, rief sie und rannte in den Garten hinaus. Ich wollte hinterher, aber Mutter hielt mich zurück.

»Laß sie«, sagte sie, »sie ist glücklich. Sie hat etwas Besonderes, sie hat das Gesicht.«

Erst nach einer halben Stunde kam Anna zurück und kletterte wortlos auf meinen Schoß. Dann lächelte sie mich an mit diesem besonderen Lächeln und sagte: »Schreib das für mich auf, mit ganz großen Buchstaben.« Darauf lehnte sie ihren Kopf an meine Schulter und schlief sofort ein. Sie erwachte nicht einmal, als ich sie zu Bett brachte.

Es dauerte Monate, bis ich nicht mehr befürchtete, sie habe vielleicht Epilepsie.

## 6

## *Die Erforschung der Blubblubbs*

Meine Mutter sagte immer, meine zukünftige Frau täte ihr jetzt schon leid. Denn die müßte es mit drei Geliebten aufnehmen – mit Mathematik, Physik und elektrischen Basteleien. Sie behauptete, ich würde lieber ein Bügeleisen auseinandernehmen als essen oder schlafen. Ich kaufte mir keine Armbanduhr, keinen Füllfederhalter und sehr selten neue Hosen, aber ich hatte immer meinen Rechenschieber dabei. Dieses Ding faszinierte Anna, und augenblicklich mußte sie auch so etwas haben. Sie lernte, Quadratwurzeln zu ziehen, bevor sie fünf und fünf zusammenzählen konnte. Mit dem linken Daumen schiebt man an dem Ding herum, und schon schreibt die rechte Hand die Ergebnisse. Es war ein Vergnügen, Anna »arbeiten« zu sehen.

»Na, geht's voran?« fragte ich.

Sie wandte mir ihr ernstes Gesicht zu, und gleich darauf kam dieses Lächeln, das die absolute Freude verkündete.

Abends spielten wir beide Klavier. Ich konnte ein paar einfache Stücke. Ein bißchen Mozart, ein bißchen Chopin, Sachen wie *Anitras Tanz*. Außer dem Klavier gab es natürlich noch meine elektrischen Spielereien. Einen Verstärker und das magische

Auge, das die verschiedenen Tonhöhen in tanzendes grünes Licht verwandelte, ein Zauberding, von dem Anna sich schwer trennte. Da saßen wir stundenlang und schlugen einzelne Töne an, und das magische Auge machte daraus die Farbe Grün.

Und erst das Mikrophon. Was für Töne entdeckten wir, Anna und ich. Eine Raupe, die an einem Blatt fraß, klang wie ein hungriger Löwe, die Fliege im Marmeladenglas dröhnte wie ein Düsenjet, und riß man ein Streichholz an – das Mikrophon machte daraus eine tobende Explosion. Tausend neue Töne gab es plötzlich. Anna hatte eine unbekannte Welt gefunden, die es weiter und weiter zu entdecken galt. Wieviel ihr diese neue Welt wirklich bedeutete, ahnte ich nicht. Mir genügte ihre Freude und Begeisterung.

Es dauerte nur kurze Zeit, bis ich bemerkte, daß so abstrakte Dinge wie Frequenzen oder Wellenlängen für Anna durchaus nicht abstrakt waren. Sie verstand, was sie hörte und sah, und sie wußte, warum es so und nicht anders sein mußte.

An einem Sommernachmittag spielte sie mit den anderen Kindern auf der Straße, als eine dicke Hummel sich zu ihnen verirrte. Eines der Kinder fragte: »Wie oft bewegt die wohl die Flügel in einer Minute?«

»Millionenmal«, sagte ein anderes.

Anna kam ins Haus hereingerast und summte einen tiefen Brummton. Mit ein paar schnellen Versuchen am Klavier hatte sie die richtige Tonlage gefunden – ihren Brummton, der das Gesumm der Hummel war.

Sie sagte: »Kann ich mal schnell dein Schieber ham?«

Nach ein paar Sekunden schrie sie den andern zu:

»Die Hummel bewegt die Flügel so und so viele Male in der Sekunde.« Niemand glaubte es. Es war ein wenig verrückt, aber es stimmte fast genau.

Von da an wurde jedes Geräusch gesammelt und untersucht. Das Mittagessen begann mit der Frage: »Weißt du, wie oft eine Mücke die Flügel in einer Sekunde bewegt?«

Das Ganze führte uns unweigerlich zur Musik. Jede Note wurde überprüft, jeder Ton untersucht. Anna dachte sich eigene Melodien aus, sie spielte mit Tönen. Sie sang und tanzte durchs Haus. Ihre Kompositionen hießen *Fynny Fynn, Lach mal* und *Mister Gott tanzt.*

Ich glaube, Annas einziges Problem war, daß die Stunden zu schnell vorbeirasten. Es gab so viel Arbeit. Jede Minute brachte neue aufregende Dinge.

Am meisten liebte sie das Mikroskop. Es machte die winzige Welt groß. Eine Welt von verwirrenden Formen und Farben, eine Welt voll mit Wesen, die normalerweise unsichtbar waren. Sogar der Dreck war ein erstaunliches Wunder.

Vor dieser Entdeckungsreise in die Abenteuerwelt der Winzlinge war Mister Gott Annas Freund und Kamerad gewesen. Aber das hier ging ein bißchen zu weit. Hatte Mister Gott die Stirn gehabt, alle diese Merkwürdigkeiten höchst persönlich zu schaffen, so war er offenbar doch noch größer, als Anna bisher angenommen hatte. Man mußte darüber nachdenken. In den nächsten Wochen wurde sie stiller und stiller.

Sicher, sie spielte weiter mit den anderen Kindern, aber es gab da eine sichtbare Veränderung. Sie war in sich gekehrt, kletterte auf einen Baum und saß da oben stundenlang allein. Nur Bossy, die Katze, durfte neben ihr sitzen. Wohin immer Anna schaute, es gab immer mehr Dinge. Sie ging herum, strich vorsichtig über Gegenstände, als habe sie den Schlüssel zu einem Geheimnis verloren. Sie redete kaum noch und beantwortete jede Frage mit dem kürzesten Satz, der ihr einfiel. Schließlich war sie offenbar mit ihren Gedanken ins reine gekommen.

»Kann ich mal heute in dein Bett komm'n?« fragte sie.

Ich nickte.

»Jetzt sofort?« Sie nahm mich bei der Hand und zerrte mich zur Tür.

Ich habe das noch nicht erklärt. Gab es Probleme in Annas Leben, die nicht leicht zu lösen waren, so gab es nur ein Rezept: ausziehen, ins Bett gehen, nachdenken. So legten wir uns ins Bett. Die Straßenlaterne erleuchtete das Zimmer mit einem Dämmerschein. Sie legte den Kopf in beide Hände, beide Ellbogen bohrten Löcher in meine Brust. Ich wartete. Zehn Minuten verstrichen, bis sie ihre Gedanken geordnet hatte. Dann ging's los.

»Mister Gott hat ganz bestimmt alles selbst gemacht?«

Sollte ich sagen, ich weiß es nicht? Ich sagte: »Ja.«

»Auch Scheiße und Sterne und Tiere und Leute und Bäume? Auch die Blubblubbs?«

Blubblubbs waren die komischen Winzlinge, die sie unter dem Mikroskop gesehen hatte.

Ich sagte: »Er hat bestimmt alles gemacht.«

Sie nickte. »Glaubst du, daß Mister Gott uns wirklich lieb hat?«

»Klar«, sagte ich. »Er hat überhaupt alles lieb.«

»Warum gehn dann Sachen kaputt oder tot?«

»Keine Ahnung«, sagte ich. »Gibt 'nen Haufen Sachen, die wir nicht wissen.«

»Na schön. Wenn wir aber so viele Sachen nicht wissen, warum wissen wir denn, daß Mister Gott uns lieb hat?«

Das konnte ja heiter werden. Aber Anna war in Eile. Gott sei Dank, verlangte sie nicht sofort eine Antwort. Sie fuhr fort: »Also die Blubblubbs hab ich ganz furchtbar lieb. Ich könnte platzen, so lieb hab ich sie, aber die Blubblubbs wissen das kein bißchen, daß ich sie so lieb hab, nich? Ich bin millionen- und millionenmal größer als die Blubblubbs, und Mister Gott is millionenmal größer als ich. Warum weiß ich, was er macht? Und warum wissen die Blubblubbs nicht, was ich mach?«

Sie schwieg einen Moment. Nachdenklich. Später schien es mir, als habe sie in diesem Augenblick ihre Kindheit verloren, aber das war wohl bloß ein sentimentaler Gedanke. Sie sagte:

»Fynn. Mister Gott hat uns nicht lieb.« Sie zögerte. »Bestimmt nicht, verstehst du? Bloß Leute können liebhaben. Ich hab Bossy lieb, aber Bossy hat mich nicht lieb. Ich lieb die Blubblubbs, aber sie mich nicht. Ich hab dich lieb, Fynn, und du hast mich lieb.«

Ich legte den Arm um sie.

Sie sagte: »Du hast mich lieb, weil du Fynn bist, so

wie ich Anna. Und ich lieb Mister Gott, aber er mich nicht.«

Das war ein Tiefschlag. Verdammter Mist, dachte ich. Warum mußte das passieren. Jetzt hatte sie ihr Vertrauen, ihre Sicherheit verloren. Aber ich täuschte mich. Hier war nichts verloren. Anna wanderte sicher wie eine Nachtwandlerin auf gefährlichem Weg.

Sie sagte: »Er hat mich nicht so lieb wie du, es ist bloß anders, nämlich millionenmal größer.«

Offenbar hatte ich mich bewegt. Sie reckte sich, setzte sich auf die Fersen, hockte da und kicherte. Schließlich kroch sie näher zu mir. Wußte sie von jenem winzigen Schmerz, der mich angerührt hatte? Mit der Sicherheit des Chirurgen schnitt sie in die Wunde, die ein nutzloser Funke Eifersucht gebrannt hatte.

Sie sagte: »Fynn, du hast mich lieber als irgendwer sonst, und ich hab dich auch lieber als irgendwer sonst. Aber mit Mister Gott ist das anders. Siehst du, Fynn, Leute lieben von außen rein, und sie können von außen küssen, aber Mister Gott liebt dich innen drin und kann dich von innen küssen, darum isses anders. Mister Gott is nich wie wir. Wir sind bloß ein bißchen wie er. Aber nich sehr viel.«

Anna hatte Blei in Gold verwandelt. Alle weisen Definitionen des Gottesbegriffes waren bei ihr überflüssig. Gnade, Liebe, Gerechtigkeit dienten als schwache Stützen zur Beschreibung des Unbeschreibbaren. Anna brauchte solche Stützen nicht.

»Siehst du, Fynn, Mister Gott ist auch anders, weil er Sachen zu Ende machen kann, und wir können das nicht. Ich kann überhaupt nie aufhören, daß ich dich lieb hab. Ich bin schon Millionen Jahre tot, bevor ich damit aufhören kann. Aber Mister Gott kann einfach aufhören, wenn er will, verstehst du? Und darum ist es anders.«

Eine ziemliche Salve, die sie da auf mich abgeschossen hatte. All das mußte man doch bedenken, aber Anna ersparte mir nichts, sie gab mir keine Zeit. Ihre Artillerie feuerte weiter.

»Fynn, warum machen Leute Krieg und Totschießen und solche Sachen?«

Ich stöhnte, stotterte herum. Es war ein bißchen viel auf einmal . . .

»Fynn, wie heißt das, wenn ich sagen will, ich denk das anders als du?«

Ein paar Minuten probierten wir herum, dann fanden wir das Wort, das sie suchte: Standpunkt.

»Fynn, das ist der Unterschied. Alle Leute haben verschiedene Standpunkte, aber Mister Gott nicht. Mister Gott steht auf allen Punkten.«

In diesem Moment hatte ich nur einen Wunsch: weg von ihr, weg von hier. Ein langer Spaziergang wäre jetzt gut. Was wollte dieses Kind; was hatte Anna getan? Gott konnte Dinge zu Ende bringen, ich aber nicht. Na gut, doch was bedeutete all das? Es schien, als hätte sie einfach die Idee »Gott« aus ihrer Begrenzung gezerrt. Sein Reich war die Ewigkeit, und Anna verstand alles. Menschen hatten eine begrenzte Anzahl von Standpunkten, Gott aber stand auf allen diesen Punkten, und jeder dieser Punkte war deshalb ebenso richtig wie jeder andere. Ob sie das meinte? Ich fragte sie, und sie nickte befriedigt. Dann brach sie in ihr großes Gelächter aus.

»Ätsch, jetzt weißt du es. Ätsch«, lachte sie, »aber es gibt noch einen Unterschied. Mister Gott kennt alle Sachen und Leute auch von innen. Und wir kennen sie bloß von außen. Und darum können wir auch nicht von außen über Mister Gott reden. Das ist nicht richtig.«

Noch eine Viertelstunde lang redete sie weiter. Noch mehr Argumente, noch mehr Erklärungen. Dann drückte sie mir einen Kuß direkt auf die Nase und sagte:

»Isses nich fabelhaft? Weißt du noch das Buch über die vier Dimensionen ...?«

»Ja, warum?«

»Ätsch, jetzt weiß ich, wo die vierte Dimension ist. Sie ist direkt in mir drin.«

Jetzt langte es aber. Ich klaubte all meine Autorität zusammen und drohte. »Schluß jetzt. Es ist spät. Geh zu Bett. Wenn du nicht augenblicklich schläfst, versohl ich dir den Hintern.«

Sie quietschte los, sah mich an und grinste. Dann legte sie sich bequem in meinen Arm. »So was tust du überhaupt nie«, sagte sie schläfrig.

# 7
# *Rasen betreten verboten*

Annas erster Sommer mit uns war voller Abenteuer und Entdeckungen. Für unseren ersten Ausflug in die Stadt bekam sie einen Schottenrock, neue Schuhe und karierte Strümpfe. Sie drehte und wendete sich und wirbelte auf den Zehenspitzen herum. Der Faltenrock sah dabei aus wie ein Fallschirm. Anna sprang wie ein Rehkitz, flog wie ein Vogel, sie balancierte wie ein Seiltänzer auf dem Kantstein entlang, und sie schritt einher wie Millie, die »Irma la Douce« in unserer Straße. Sie hatte Millie diesen Gang abgeguckt. Sie schwenkte ein wenig die Hüften, die Falten schwangen mit, Anna lächelte die Passanten an mit einem verschmitzten Blinzeln in den Augenwinkeln. Die Leute lächelten zurück und konnten gar nicht anders. Anna kannte ihre Wirkung auf Menschen und nützte sie skrupellos aus. Sie verzauberte streunende Katzen, Hunde, Tauben und Pferde, gar nicht zu reden von Briefträgern, Milchmännern, Busschaffnern und Polizisten.

Wir kamen in einen anderen Stadtteil. Die Häuser wurden größer und größer. Anna blieb der Mund offen stehen. Sie rannte vorwärts und kam zurück wie ein junger Hund, den man von der Leine läßt. Sie machte, was die Anzahl der Kilometer betraf, unseren Spaziergang mindestens dreimal. Schließlich blieb sie verwirrt stehen.

»Leben da lauter Könige und Königinnen?« fragte sie. »Sind das alles Schlösser?«

Die Bank von England gefiel ihr überhaupt nicht und St. Paul's Cathedral auch nicht. Da waren doch die Tauben viel schöner und interessanter. Sie setzte sich zu ihnen auf das Straßenpflaster und hielt ihnen Brotkrümel hin, die wir mitgenommen hatten. Sie ließ die Blicke herumflitzen, beobachtete Passanten und den Straßenverkehr. Manchmal schüttelte sie mißbilligend den Kopf, und ich wußte nicht, warum. Sie sah aus wie jemand, der eine Sparbüchse schüttelt und schüttelt und versucht, ein paar Münzen durch einen allzu schmalen Schlitz zurückzuangeln. Ich blieb in ihrer Nähe und sagte nichts. Das hatte ich inzwischen gelernt. Auf Fragen wie »Na, was ist los?« antwortete sie höchstens »Still, ich denk nach«. Und nur wenn sie ihre Gedanken gar nicht mehr ordnen konnte, begann sie zu fragen. Sie brauchte jemanden, der offene Ohren für sie hatte. Heute fragte sie nichts, sagte nichts, das war ein schlechtes Zeichen.

Wir gingen schweigend zum Hyde Park hinüber. Und plötzlich waren da Wiesen, Wäldchen, der Fluß. Eine Landschaft. Mir fiel ein, daß Anna bis jetzt nur Häuser, schmutzige Fabriken, Schornsteine und Kräne gesehen hatte. Ich hatte nie darüber nachgedacht, was sie alles nicht kannte. Und nun war da der riesige Park. Auf ihre Reaktion war ich allerdings nicht vorbereitet. Sie riß die Augen auf, schaute einmal um sich, dann vergrub sie ihr Gesicht in meinem Schoß, umschlang meine Beine mit beiden Armen und begann jämmerlich zu schluchzen. Ich nahm sie auf den Arm, und sie umklammerte mich mit Armen und Beinen. Die Tränen liefen mir in den Hemdkragen. Streicheln und gutes Zureden wollten da nichts nützen. Nach ein paar Minuten schaute sie, noch ein wenig verstört, über meine Schulter, hörte aber auf zu weinen.

Ich fragte: »Willst du nach Haus, Fratz?«

Sie schüttelte den Kopf. »Jetzt laß mich runter.« Ich dachte, sie würde mit einem Satz davonrasen. Ich kannte ihre Abenteuerlust und Entdeckerfreude. Aber sie hielt meine Hand fest gepackt, und so entdeckten wir den Park gemeinsam.

Anna hatte ihre Ängste und Schrecken wie jedes Kind, aber im Gegensatz zu vielen anderen dachte sie darüber nach und baute sie in ihr Leben ein.

Wer ermißt, wie groß Kinderangst ist? Was war das heute? War Anna nur scheu, war sie alarmiert, oder lief ihr die ganz große Lebensangst eiskalt den Rücken hinab? War der Hyde Park schlimmer als ein zehnköpfiges Ungeheuer? Nur manchmal ließ sie meine Hand los, um einen Stein, ein Blatt, einen Zweig aufzuheben. Jedesmal schaute sie nach, ob ich noch da sei. Sie brauchte Schutz und Sicherheit. Sie lächelte, wenn sie mich sah.

Als ich in ihrem Alter war, hatten meine Eltern mich ans Meer mitgenommen. Das Wasser, die Wellen, die vielen Menschen an jenem Strand hatten mich zu Tode erschreckt. Ich hielt mich fest an der Hand meines Vaters, und dann war es plötzlich gar nicht mehr mein Vater, sondern ich klammerte mich an einen Fremden und hatte es nicht bemerkt. Die Welt ging aus den Fugen. Es war das Ende.

Ich sah Annas Ängste, und sie war sicher, daß ich sie verstand.

Plötzlich hörte ich den Parkwächter irgend etwas laut rufen. Sie kniete vor einem Blumenbeet. Ich hatte vergessen, ihr zu sagen, daß man nicht auf den Rasen gehen darf. Anna würde selbst dem Teufel nicht nachgeben, wenn sie im Recht war, geschweige denn einem Parkwächter. Aber noch eine Katastrophe heute nachmittag wäre zu viel gewesen. Ich rannte zu ihr, hob sie hoch und stellte sie auf dem Weg wieder auf die Füße.

»Der Idiot da«, sagte sie böse und wies mit anklagendem Finger in eine Richtung, »der Idiot sagt, ich soll vom Gras runter.«

»Ja. Auf dies Stück hier darfst du nicht.«

»Aber es ist das schönste Stück!«

»Guck dir die Tafel an. Da steht ›Rasen betreten verboten‹.«

Sie studierte das Schild mit großer Konzentration. Später am Nachmittag saßen wir auf einer Bank und aßen Schokoladenrosinen. Sie sagte: »Blöde Wörter!«

»Welche Wörter?«

»Na die da ›Rasen betreten verboten‹. Immer ist alles verboten. Das schönste Gras darf man nicht haben. In der Kirche darf ich nicht tanzen, keinen Krach machen, nicht mal Mister Gott eine Geschichte erzählen. Alles verboten.«

Ich dachte daran, welche Art Gottesdienst Anna wohl gefiele, vielleicht einer mit Tanz, Gesang und

Kinderkrach, und ich bin sicher, daß Mister Gott so etwas gelegentlich sehr geschätzt hätte.

Sie war mit ihrem Kummer noch nicht fertig. Sie fragte: »Weißt du, warum ich heute morgen geheult hab?«

»Ungefähr.«

»Es war ganz schrecklich. Ich wurde plötzlich immer kleiner und kleiner, so klein, daß ich fast überhaupt nicht mehr da war.«

Ihre Stimme klang dünn, wie von weit weg, aber plötzlich kam sie wieder. Strahlend sagte sie: »Aber es gibt mich noch, siehste.«

## 8

## *»Die Leute sehen überhaupt nix!«*

Annas größte Entdeckung in diesem Jahr waren Buchstaben. Sie entwickelte eine irrwitzige Geschäftigkeit. Im Haus lagen plötzlich Haufen von kleinen blauen Notizblöcken und abgerissenen Papierschnipseln herum. Was immer für Anna neu war, wurde aufgeschrieben, aber nicht von ihr selbst. Das hatte sie noch nicht gelernt. So hielt sie einfach auf der Straße wildfremden Leuten Papier und Bleistift hin und sagte:

»Bitte, schreiben Sie mir das auf? Und ganz groß, wenn's geht.«

Dieses »Schreiben Sie das auf, aber groß« stiftete häufig Verwirrung. Das kleine Mädchen mit den roten Haaren und dem forschenden Blick wirkte auf die meisten Leute sogar ein bißchen beängstigend. Also versuchten viele sie mit einem kurzen »Verschwind, Kleine« oder »Stör nicht dauernd« zu vertreiben. Aber Anna ließ nicht locker. Sie war nicht so leicht zu verscheuchen, wenn es um Entdeckungen ging.

Viele Abende saß ich auf den Treppenstufen vor unserer Haustür und beobachtete, wie sie großäugig und bittend mit den Leuten sprach. Eines Abends war sie von allen abgewiesen worden. Sie sah traurig aus. Es wurde Zeit, sie in die Arme zu nehmen und zu trösten. Ich stand auf und ging zu ihr hinüber.

Sie wies auf das abgefallene Stück eines schmiedeeisernen Gartengitters. »Jemand soll darüber was Schönes aufschreiben, aber niemand sieht es.«

»Vielleicht sind die Leute zu beschäftigt?« fragte ich.

»Nee, gar nich. Sie sehn's bloß nich. Sie verstehn einfach nicht, was ich will.«

Diesen Satz hörte ich jetzt immer häufiger: »Sie verstehn es nicht, sie verstehn es nicht.«

Ich sah ihre Enttäuschung und wußte, wenn auch undeutlich, was zu tun war. Oder zumindest glaubte ich, es zu wissen. Ich nahm sie auf den Arm und sagte: »Sei nicht enttäuscht, Fratz.«

»Ich bin nicht enttäuscht, bloß traurig.«

»Ach was, mach dir nichts draus. Ich schreib es für dich auf, ganz riesig groß.«

Sie strampelte sich los, sammelte ihre Zettel zusammen und senkte den Kopf. Die Tränen liefen. Was konnte man nur tun? Ich wußte es also offenbar auch nicht.

Meine Gedanken drehten sich im Kreis. Nichts fiel mir ein. So stand ich da und wartete. Sie war so niedergeschlagen, so weit weg. Ich wußte, sie hätte sich gern an mich geschmiegt. Warum tat sie es nicht? Sie stand nur da und kämpfte mit sich selbst. Straßenbahnen fuhren kreischend um die nächste Ecke, Leute machten Einkäufe, fliegende Händler boten schreiend ihre Waren feil. Und wir beide standen nur da. Anna horchte in sich hinein. Sie starrte auf neue Bilder, die ihre zitternde kleine Seele gemalt hatte. Schließlich sah sie auf. Ihre Augen suchten meine Augen. Plötzlich fror es mich, und ich hatte den Wunsch, irgend jemanden kräftig zu verprügeln. Diesen Blick kannte ich, obwohl ich ihn noch nie bei ihr gesehen hatte: Anna war nicht nur traurig, sie trauerte, und das war etwas anderes. Durch ihre weit geöffneten Augen hindurch sah ich, wie allein sie war. Kindereinsamkeit stand in diesen Augen.

»Du sollst überhaupt nix schreibm!« Sie versuchte ein kleines Lächeln, aber es gelang nicht. Sie zog die Nase hoch und sagte: »Ich weiß genau, was ich seh, was du siehst, aber die meisten Leute sehn überhaupt nix, und . . . und . . .«

Jetzt warf sie sich endlich schluchzend in meine Arme. Da stand ich an einem dämmrigen Abend im Londoner East End und tat einen Blick in eine Kinderseele. Aber es war eine helle Einsamkeit hinter diesen verheulten Augen eines fünfjährigen kleinen Mädchens. Gott hatte den Menschen geschaffen nach seinem Bilde, nicht nach seinem Aussehen, nicht nach seiner eigenen Statur, nach Händen, Füßen, Nasen, Ohren, sondern nach seinem Inneren. Nicht der Teufel macht den Menschen zu einer einsamen Kreatur, es ist seine Gottähnlichkeit, die ihn einsam macht. Eine Banalität? Nein, das klingt nur so.

Die Leute konnten nicht sehen, was Anna sah – nicht die Schönheit eines zerbrochenen Eisenpfeilers, die Farben, die kristallinen Muster an den Bruchstellen. Sie sahen nichts als verrostetes Eisen – na und. Anna wünschte sich, die Menschen sollten teilnehmen an ihrer neuentdeckten Wunderwelt. Dieser zerborstene Eisenpfeiler war für sie ein aufregendes Ding.

Mister Gott wußte das natürlich alles, und Anna war sicher, er hatte seine Freude an all den winzigen Dingen. Und daraus ergab sich wiederum, daß Mister Gott nichts dagegen hatte, sich ganz klein zu machen. Die Leute dachten immer, Gott sei riesig groß und unendlich. Aber es war ein Fehler, so zu denken. Offensichtlich konnte Mister Gott jede Größe annehmen, die ihm eben gefiel.

»Mister Gott muß sich manchmal ganz klein machen, sonst weiß er doch überhaupt nicht, wie ein Marienkäfer lebt, oder?«

Stimmt. Es war wie mit Alice im Wunderland. Anna aß von Alicens Zauberkuchen und wurde auch so groß oder klein, wie es ihr gefiel.

»Wenn du erst genauso bist, dann weißt du es überhaupt nicht«, sagte sie plötzlich, ohne Übergang.

»Was weißt du nicht?«

»Du weißt nicht, daß du gut und freundlich bist.«

Sie sagte das mit dieser selbstverständlichen, sicheren Stimme, in einem wegwerfenden Nebenbei. Ich kannte den Ton. Wenn Anna so redete, dann erwartete sie weitere Fragen. Irgend etwas wollte sie unbedingt loswerden.

»Okay, Fratz, dann erklär's mir mal.«

Sie grinste. »Wenn du weißt, du bist gut, dann bist du nicht wie Mister Gott, kein bißchen.«

Ich kam mir vor wie der Klassenletzte und fragte nur: »Wieso?«

»Glaubst du vielleicht, Mister Gott weiß, daß er gut und freundlich und gütig ist?«

»Also Fratz, darüber hab ich wirklich noch nie nachgedacht. Vielleicht braucht er es gar nicht zu wissen?«

Weiß der Teufel, auf welches dialektische Glatteis Anna mich noch führen wollte. Besser, man fragte nicht zuviel. Auf irgendwas steuerte sie los. Sie suchte nach einer Idee, einer Aussage, die uns beide zufriedenstellen würde. Plötzlich sagte sie energisch: »Mister Gott hat keine Ahnung, daß er gut oder freundlich ist, Mister Gott ist ganz . . . leer.«

Ich bin ja zu allem bereit, was Anna betrifft. Aber »Mister Gott ist ganz leer«, dieser Satz ging mir gegen den Strich. Der Satz vernichtete alles, was ich je gelernt hatte, denn Mister Gott war gefüllt, gefüllt wie eine Weihnachtsgans mit Wissen, Liebe, Mitleid. Verflixt noch mal, so war es und nicht anders. »Mister Gott ist ganz leer« – was für ein Unsinn.

Ich bekam heute keine weitere Auskunft mehr von Anna und auch während der nächsten Tage nicht. Sie ließ mich im eigenen Saft schmoren. Die Idee von einem vollkommen leeren Gott spukte in meinem Kopf herum. Die Sache war zu albern, doch ich wurde sie nicht los.

# 9
## *»Mister Gott ist ganz leer«*

Einige Tage wartete ich noch. Aber als Anna nichts weiter sagte, fragte ich sie: »Fratz, was war das da neulich. Mister Gott ist leer, einfach leer wie eine Vase ohne Wasser und ohne Blumen?«

Eifrig wandte sie sich zu mir. Ich hatte den Eindruck, als habe sie seit langem auf diese Frage gewartet.

»Weißt du noch? Alles war ganz rot durch das Stück Glas, und dann war da noch die Farbe von den Blumen.«

Ich erinnerte mich gut. Wir hatten mit der Taschenlampe durch eine rote Glasscherbe geleuchtet, und auf der anderen Seite war rotes Licht herausgekommen. Warum nahm das Licht die Farbe des Glases an und färbte alles rot? Wir hatten mit Hilfe eines Prismas die Spektralfarben gesehen und Newtons farbige Drehscheibe gedreht. Wir hatten die Spektralfarben wieder gebündelt, und was sich ergab, war die Farbe Weiß, die Nicht-Farbe oder alle Farben zusammen.

Ich hatte Anna erklärt, daß die gelben Blumen da auf dem Tisch ihre Farbe zurückwerfen, nur deshalb könnten wir sehen, daß sie gelb seien. Es war eine Information, die in Anna verschwand. Man sah, wie sie darüber brütete. Dann legte sie los:

»So, jetzt sag ich dir das mal, Fynn. Wenn die Blumen da Gelb zurückwerfen, dann mögen sie eben Gelb nicht. Sie behalten alle andern Farben, weil sie sie gern haben, bloß die eine nicht.«

Einen Tag lang brauchte sie, um mir ihre neueste Philosophie plausibel zu machen. Jede Sache, jedes Lebewesen, so sagte sie, bekäme bei seiner Entstehung ein Schildchen aufgeklebt und darauf stand GUT oder BÖSE oder SCHLECHT. Menschen lasen diese Schildchen und richteten sich danach. Sie schauten die Dinge an durch verschiedenfarbiges Glas. Und jedes Ding erschien in einem anderen Licht: finster, hell, rot, grün, häßlich oder schön. Nur Mister Gott machte das anders. Er brauchte keine Schildchen. Eine Blume, die die Farbe Gelb nicht annahm, erschien uns als gelb. Dasselbe konnte man von Mister Gott nicht sagen. Denn er nahm alles an und reflektierte gar nichts. Und weil das so war, konnten wir ihn eben deshalb nicht sehen. Das war klar. Was aber uns betraf, so wollten wir Mister Gott doch sehen und verstehen und ihm möglichst auch noch gleichen, und deshalb mußten wir hinzufügen, Mister Gott ist leer. Nicht wirklich leer natürlich, sondern leer, weil er alles, aber auch alles annahm und nichts zurückgab. Schwierig, was? Sicherlich konnte man sich selbst ein wenig betrügen, indem man ihn durch ein farbiges Glas ansah oder die Etiketten las »Gott ist gut«, »Gott ist weise«. Aber die wirkliche Natur von Mister Gott erfuhr man so nicht.

»Und darum ist er ein ganz wirklicher Gott«, sagte Anna. »Manchmal geben die Erwachsenen den Kindern ihre bunten Gläser, und dann müssen die Kinder immer durch das Glas gucken.«

»Warum?«

»Weil sie dann alles so machen, wie die Großen es wollen.«

»Die Großen zwingen die Kleinen?«

»Ja, damit sie nicht anders sind als sie.«

»Du meinst, die Erwachsenen sagen: ›Wenn du das Gemüse nicht aufißt, dann ist der liebe Gott böse mit dir‹?«

»Genau. Dabei ist es für Mister Gott ganz scheißegal, ob ich Gemüse mag oder nicht. Wenn er einen für so was bestraft, ist er doch ein ganz großer Idiot. Und er ist eben kein Idiot.«

Die meisten Leute konnten froh sein, wenn sie ein bißchen über ihre eigene kleine Welt, in der sie lebten, Bescheid wußten. Anna entdeckte eine Unzahl verschiedener Welten. Sie schaute durch farbige Gläser, sie spiegelte sich in den altmodischen Glaskugeln, die im Garten die Beete umrandeten. Hexenkugeln nannte Anna sie. Man sah sich selbst, den Garten, das Haus unwahrscheinlich verzerrt und in die Breite gezogen. Dazu kam die metallische Färbung, ein Glitzerrot oder ein eisiges Blau. »Eine Rose ist eine Rose ist eine Rose«, das war etwas ganz anderes als »rot ist rot ist rot«.

## 10

## *Höhere Mathematik oder Sahnebonbons*

Das nächste Problem, das es zu lösen galt, hing wieder mit Wörtern zusammen. Es hatte vordergründig mit Mrs. Sussums zu tun. Wir trafen Mrs. Sussums auf der Straße. Eigentlich hieß sie Tante Dolly und war eine angeheiratete Tante, die nur eine große Leidenschaft in ihrem Leben kannte, und das waren Sahnebonbons. Sie aß davon riesige Mengen, manchmal mehrere auf einmal. Ihr Gesicht war gewissermaßen ständig aus dem Leim, da immer eine Backe dicker war als die andere. Das einzige, was wir an Tante Dolly nicht ausstehen konnten, war ihre andere Gewohnheit, nämlich uns abzuküssen – nicht einmal am Tag, sondern mehrere Male, wann immer sie uns traf. Sahnebonbons lutschen oder jemanden küssen – gut, damit konnte man fertig werden. Beides gleichzeitig wurde geradezu gefährlich. Tante Dollys Gesichtsmuskeln waren durch das ewige Bonbonlutschen unheimlich stark geworden. Mit vier bis fünf Sahnebonbons in beiden Backentaschen redete sie immer noch fast verständlich.

»Mach den Mund auf«, sagte sie lutschend, und dann stopfte sie auch uns mit dem süßen Zeug voll. Sie hielt Anna auf Armeslänge von sich fort und meinte:

»Meine Güte, was bist du schon groß.«

Ich riß meine Zähne auseinander und grunzte durch das klebrige Zeug hindurch: »Scha, djer droß.«

Anna zwängte ein »Duten 'ach, 'ante 'olly«, hervor.

Tante Dolly strahlte, beschenkte uns mit weiteren Bonbons, nahm selbst noch zwei und ging weiter.

Anna und ich hatten auf der Straße ein neues Spiel gespielt, bevor Dolly erschien. Wir sprangen auf die verrückteste Weise herum, so daß es manchmal zwei Stunden dauerte, bis wir ans Ende der Straße kamen; dabei war die Straße höchstens zweihundert Meter lang. Wir hatten uns ausgedacht, daß einer kommandiert, und der andere muß gehorchen. Anna hatte irgend etwas auf der Straße zu benennen, einen Fetzen Papier, ein abgebranntes Streichholz, und ich mußte daraufhüpfen. Dann kommandierte sie »Pfütze« oder »Kanalgitter« oder was sonst ihr einfiel. Und ich mußte versuchen, »Pfütze« oder »Kanalgitter« mit einem einzigen Schritt oder Sprung zu erreichen. Ich hopste also in alle Richtungen – vorwärts, seitwärts, rückwärts. Als Dolly weg war, spielten wir weiter und brauchten zwanzig Minuten für zwanzig Meter. Dann sagte Anna:

»Fynn, wir spielen jetzt anders. Ich befehle, und wir beide gehorchen.«

So hopsten wir beide auf Annas Kommando. Sie murmelte vor sich hin »Riesenschritt, hops, Zwergenschritt, hops, Riesenschritt, hops.« Nach dem letzten »Riesenschritt, hops« schaute sie sich nach mir um und fragte:

»War das ein Riesenschritt?«

»Nicht sehr riesig.«

»Aber für mich war er riesig.«

»Weil du noch klein bist.«

»Tante Dolly hat gesagt, ich bin sehr groß.«

»Sie meint, du bist sehr groß für dein Alter.« Eine solche Erklärung genügte natürlich nicht. Sie spielte nicht weiter, sondern wandte sich nach mir um, Hände auf die Hüften gestemmt. Ich sah, wie sie nachdachte. Schließlich sagte sie feierlich: »Das heißt überhaupt nix.«

»Doch«, sagte ich und versuchte, weiter zu erklären. »Verglichen mit den meisten Mädchen von fünf Jahren, bist du sehr groß. Das bedeutet es.«

»Na schön. Aber wenn die meisten von den Mädchen schon zehn Jahre alt wären, dann wär ich klein, nicht?«

»Wahrscheinlich.«

»Wenn ich ganz allein auf der Welt wäre, dann wär ich überhaupt nicht klein und nicht groß?«

Ich nickte. Da kam wieder die Flut auf mich zu. Ich versuchte noch einen Satz, bevor sie mich mit neuen Fragen überschwemmte:

»Schau, du kannst solche Wörter wie ›größer‹ oder ›schöner‹ oder ›kleiner‹ oder ›süßer‹ nicht benutzen, wenn du nichts zum Vergleich hast. Anna ist ›größer‹ *als* Bossy. Verstehst du?«

»Dann kannst du das auch nicht«, sagte sie im Brustton der Überzeugung.

»Kann was nicht?«

»Du kannst nicht vergleichen, weil . . .« schoß Anna triumphierend ihre nächste Salve ab, »weil

Mister Gott ... ich meine, es gibt keine zwei Mister Gotts, und darum kannst du nicht vergleichen, ob er groß ist.«

»Menschen vergleichen Mister Gott auch nicht mit Menschen.«

»Ich weiß«, kicherte sie und freute sich über meinen Verteidigungsversuch.

»Also, wozu machst du dann so ein Getue?«

»Weil ... weil die Leute sich selber mit Mister Gott vergleichen.«

»Das ist doch dasselbe«, sagte ich.

»Nee!«

»Fratz, ich schätze, diesmal gewinne ich. Wenn die Leute Mister Gott nicht mit sich selber vergleichen, vergleichen sie sich selber auch nicht mit ihm. Du hast gesagt, sie vergleichen doch. Du solltest sagen, sie tun's nicht. Stimmt's?«

Sie sah mich schweigend und nachdenklich an. Ich schämte mich über den billigen Triumph. Sie mußte doch enttäuscht sein jetzt. Nach so viel harter Denkarbeit brachte ich ihr ganzes Problem auf einen so simplen Nenner. Ich streichelte sie, aber sie schüttelte mich unwillig ab.

»Fynn«, sagte sie ruhig, »wieviel ist zwei verglichen mit drei?«

»Eins weniger«, sagte ich hochbefriedigt.

»Hm. Und wieviel ist drei verglichen mit zwei?«

»Eins mehr.«

»Siehste, eins weniger ist dasselbe wie eins mehr.«

»Ähbäh, so was Blödes«, rief ich lachend, »eins weniger ist nicht dasselbe wie eins mehr ... he, du!«

Plötzlich sauste sie davon wie ein wild gewordenes Huhn. Ich schrie hinter ihr her: »Es ist nicht dasselbe.«

»Doch«, brüllte sie zurück.

Sie verschwand zwischen den Buchen und Verkaufsständen auf dem Gemüsemarkt. Ich jagte hinter ihr her, konnte sie aber nicht erwischen. Sie war so gelenkig und vor allem so klein, daß sie sich überall durchzwängte, wohin ich ihr längst nicht mehr folgen konnte.

11

# *Neun Geheimsprachen*

Es kam selten vor, daß irgend etwas Anna die Sprache verschlug. Doch einmal sah ich sie wirklich verblüfft: Ein Löffel voll Rosinenauflauf mit Vanillesauce blieb in der Luft hängen. Und das kam so.

Die dicke Ma B besaß in unserer Gegend eine Pastetenbäckerei. Keiner kannte ihren wirklichen Namen. Sie hieß nur Ma B und galt als Naturwunder. Sie war nämlich breiter als hoch. Vielleicht liebte sie ihre nahrhaften Produkte und probierte sich täglich durch alle Sorten hindurch. Ihre Mitteilungen hatte sie auf ein Minimum an Vokabeln reduziert. Eigentlich benutzte sie überhaupt nur zwei Sätze: »Was soll's denn sein, Kinder?« und »Was sagen Sie dazu?« Beide Aussprüche genügten zur Darstellung vielfacher Gemütslagen. Die Unterschiede lagen allein im Tonfall. »Was sagen Sie dazu?« konnte Verwunderung ausdrücken, Empörung, Schrecken oder eine ganze Mischung verschiedenster Gefühle, wie sie gerade zur Unterhaltung paßte. Wenn Ma B ihr »Was soll's denn sein?« hervorblubberte, so sagte man etwa »Zwei Fleischpasteten und eine Pizza«. Gefiel Ma B dieser Auftrag, so fügte sie manchmal ein »Wissen Sie schon, was der Älteste von Frau Soundso gemacht hat?« hinzu. Hierher gehörte dann im Verlauf der Unterhaltung jenes »Was sagen Sie dazu?« Vielleicht war der Älteste von Frau Soundso unter die Straßenbahn geraten und daran gestorben? »Was sagen Sie dazu?« trug in diesem Fall einen melodisch-tragischen Trauerflor. Frau Soundsos älteste Tochter hingegen war mit dem Untermieter durchgebrannt. Und »Was sagen Sie dazu?« hieß »Ich hab's ja immer gesagt«. Bruder Danny behauptete, Ma B habe in ihrem Leben so viele Süßigkeiten gegessen, daß ihre Stimmbänder völlig ausgeleiert seien, darum gäben sie nur noch diese beiden Sätze her. Sie verkaufte übrigens sämtliche Sorten Pasteten, die sich je ein Bäcker ausgedacht haben mochte: Fleischpasteten, Blätterteigrollen mit Buttercreme, mit Rosinen, mit Erbsen, mit Undefinierbarem, auch Knödel bekam man bei ihr, mit oder ohne Obst. Und die meisten Kunden kauften bei Ma B, weil es zu allem Überfluß die verschiedensten Arten von Saucen gratis gab: Himbeersauce, Schokoladensauce, Vanillesauce, außerdem Gurken, Essigzwiebeln und Oliven.

Zwei- bis dreimal pro Stunde wurde der Friede dieses Schlaraffenlandes gestört. Nämlich immer dann, wenn Ma B eine kleine Hand erblickte, die versuchte, ein Gratisstückchen zu erwischen. Sogleich wuchtete Ma B eilig ihre zwei Zentner Lebendgewicht vom Stuhl hoch und schlug mit dem Schöpflöffel nach dem Räuber. Aber sie zielte nicht eben brillant. Die Diebeshand hatte sich längst mit der Beute zurückgezogen, und der Löffel sauste in einen Saucentopf, der gerade im Weg stand. Die Kunden sahen sich bespritzt mit einem Regen aus

Vanillesauce. Oder aber eine unschuldige Torte ging bei einem solchen Generalangriff zu Matsch. Eingeweihte kannten sich aus mit Ma Bs Temperament und hielten sich im Hintergrund oder saßen an kleinen Tischchen mit dem Schildchen »reserviert«.

Danny, Anna und ich saßen eines Abends im Schlaraffenland und hatten uns durch die Erbsen-und-Nieren-Pastete schon hindurchgefressen. Jetzt war nur noch der Rosinenauflauf mit Zimt und Zucker zu bewältigen. An den Nebentisch setzten sich zwei junge Männer in französischer Uniform. Der eine sagte laut: »*Mon Dieu, le pudding, il est formidable!*«

Annas Löffel blieb in der Luft hängen. Ihr Mund war in Erwartung des Rosinenauflaufs schon geöffnet, jetzt riß sie ihn vor Erstaunen noch weiter auf. Und der Löffel mit Rosinenauflauf hing in der Luft. Stand eben noch der Ausdruck genießerischer Vorfreude auf das Essen in ihren Augen, so verwandelte er sich urplötzlich in ein Fragezeichen.

Danny sagte mit vollen Backen kauend: »Sind Franzosen.«

»Was hat er gesagt?« wollte Anna wissen.

»Er sagt, der Pudding ist scheußlich!« Danny lachte schallend. Anna lachte nicht mit. Es war keine Zeit zum Witzereißen. Sie legte ihren Löffel auf den Teller. Und als fühle sie sich persönlich angegriffen, sagte sie: »Aber ich weiß doch nicht, worüber er redet.«

Meine eigenen spärlichen Französischkenntnisse beschränken sich mehr oder weniger darauf, daß *papillons belle* sind, daß *vaches* Gras fressen und der *pleur* naß ist. So erklärte ich ihr, daß man in Frankreich französisch spreche, daß die Leute das schon als Kinder könnten, aber dafür verstünden sie kein Englisch – die meisten jedenfalls nicht. Danny sei jedoch ein seltenes Exemplar von Mensch, das beide Sprachen verstehe. Dazu winkte ich vage in östlicher Richtung, um anzudeuten, wo dieses ausgefallene Land ungefähr liege. Anna verdaute die interessante Information flinker als den Rosinenauflauf von Ma B.

»Kann ich ihn fragen?« flüsterte sie.

»Was fragen?«

»Ob er das aufschreiben kann, was er gesagt hat.«

»Sicher.«

Mit Papier und Bleistift bewaffnet, begab sich Anna feierlich an den Franzosentisch, um sich das über den Pudding aufschreiben zu lassen. »Aber sehr groß, bitte.« Der eine verstand ein wenig Englisch, so brauchte sie meine Hilfe nicht.

Als sie nach einer Viertelstunde zurückkam, brachte sie bereits ein *au revoir* zustande.

Die Aufregung über diese Begegnung hielt ein, zwei Tage an. Und die Tatsache, daß es in Frankreich mehr Leute gibt, die französisch sprechen, als Engländer in England, die englisch reden, war ein kleiner Schock für Anna.

Ein paar Tage später nahm ich sie mit in die Bibliothek und zeigte ihr Bücher in den verschiedensten Sprachen. Aber zu der Zeit hatte sie das Problem schon für sich gelöst. Sie erklärte es mir so:

»Das ist doch klar, Katzen sprechen die Katzensprache, Hunde die Hundesprache, Bäume die Baumsprache, und Franzosen sprechen die Franzosensprache.«

Ich begann, ihre Gedankengänge zu begreifen. Anna selber kannte ja doch auch schon mehrere Sprachen. Mit Tick-Tock in unserer Straße sprach sie Zeichensprache, denn Tick-Tock war taubstumm auf die Welt gekommen. Ich hatte Anna eine Seite Blindenschrift gezeigt. Und meine Radio-Basteleien vermittelten ihr die Geheimnisse des Morse-Alphabets. Annas Reaktion auf die französische Sprache war eigentlich eher: Nanu, gibt's denn noch eine?

Eine neue Frage rumorte in Annas Kopf herum: Wie mache ich mir demnach eine Geheimsprache ganz für mich allein?

Sie packte das Problem sofort an. Eines Abends zeigte sie mir stolz das Ergebnis. Sie stellte einen alten Schuhkarton vor mich hin. Er war gefüllt mit Zetteln, Bogen und Notizblöcken. Auf das erste Blatt hatte sie links von oben nach unten Zahlen geschrieben und auf die rechte Seite die dazugehörigen Wörter. Sie hatte herausgefunden, daß man »5 Äpfel« schreiben konnte, aber auch »*fünf* Äpfel«, und trotzdem blieb es das gleiche. Das war erstaunlich und wichtig. Konnte man also alle Zahlen in Buchstaben schreiben, so folgte daraus, daß auch alle Wörter in Zahlen geschrieben werden konnten. Das einfachste war also, man numerierte das Alphabet durch. So erhielt man für jeden Buchstaben eine Zahl, und fertig war die Geheimsprache. Mister Gott schrieb sich dann so: 13.9.19.20.5.18.7.15.20.20. Verwandelte man das noch einmal in Wörter, so hieß Mister Gott fortan eine Milliarde, dreihunderteinundneunzig Millionen, neunhundertzwanzigtausend, fünfhundertachtzehn und sieben Millionen, einhundertzweiundfünfzigtausendundzwanzig. Eindrucksvoll und sehr geheim, nicht wahr. Verkürzte man das Ganze einfach auf »Mister G.« und ließ auch noch das »Mister« weg, so kam man schlicht mit SIEBEN aus. Mister SIEBEN, das würde gehen, und das klang noch viel geheimer.

Trotzdem, auf die Dauer war das vielleicht doch ein wenig kompliziert und umständlich. Was für andere Möglichkeiten gab es noch? In der Fibel stand »A wie Apfel« – »P wie Puppe« – »E wie Esel«. Daraus ergab sich logisch, statt Apfel konnte man A sagen und statt A ebensogut Apfel. Und das ganze Wort Apfel hieß demnach »*A*pfel*p*uppe*f*eder*e*sel*l*isa«.

Der Karton voller Zettel zeugte von harter Arbeit. Es stellte sich heraus, daß es gar nicht schwer war, eine Geheimsprache zu erfinden. Viel schwieriger war es, unter den unzähligen Möglichkeiten die richtige auszuwählen. Schließlich entschied sie sich für eine Art Morse-Code. Da brauchte man für jeden Buchstaben eine Anzahl von Punkten und Strichen. Mister SIEBEN war so nett gewesen und hatte sich für jeden Menschen ein rechtes Bein zum Hüpfen und ein linkes Bein zum Hüpfen ausgedacht. Ein Hopser links war ein Punkt, ein Hopser rechts ein Strich. Ein Hopser auf beiden Füßen bedeutete das Ende des Wortes. Fabelhaft. Wir übten die neue Sprache und brachten es dabei weit, genauer: Wir legten hopsend große Strecken zurück und unterhielten uns prima. Als der Muskelkater allzusehr schnurrte, setzten wir uns auf eine Mauer und erfanden die nächste Sprache. Ein Tip mit dem linken Zeigefinger: ein Punkt, ein Tip mit dem rechten: ein Strich. Dann in die Hände klatschen – das Wort war fertig. Im ganzen erfanden Anna und ich neun verschiedene Sprachen. Und Mister SIEBEN hieß jetzt der Einfachheit halber Mister G., so brauchte man nicht allzuviele Hopser für ihn. Ich bin sicher, er war nicht böse über diese Vereinfachung, er sprach sicherlich selber auch mehrere Fremdsprachen und kannte sich mit den Schwierigkeiten aus.

12

## *Die kleine Prophetin*

Wie war Anna einzuordnen? Ich glaube, zu meiner eigenen Ruhe und Bequemlichkeit wünschte ich mir eine Art Etikett für Anna, nach dem man sich richten konnte. Hübsch, niedlich, klug, zärtlich, irgend etwas dieser Art.

Aber Gott sei Dank war sie für eine solche Einordnung nicht geeignet. Nach wenigen Wochen vergnügten und heiteren Lebens mit ihr fand ich mich vor zwei Probleme gestellt, von denen eines leicht zu verstehen war, das zweite aber wuchs und wurde immer schwieriger. Keines der beiden konnte ich gänzlich lösen, und in Wirklichkeit brauchte ich immerhin zwei Jahre, um einer Antwort wenigstens nahe zu kommen.

Das erste Problem drehte sich um die Frage: Was bedeutete mir eigentlich meine Beziehung zu Anna? Was war sie wirklich für mich? Ich war alt genug, ich konnte zumindest theoretisch ihr Vater sein, und eine Zeitlang spielte ich diese Rolle auch mit großem Erfolg. Aber vielleicht stimmte das gar nicht. War ich nicht eher ein großer Bruder? Auch das paßte nicht recht. Ich sah mich abwechselnd als Vater, Bruder, Onkel, Spielkamerad. Wie immer ich mir auch vorkam, irgendwo blieb ein leerer Fleck, der sich nicht ausfüllen ließ. Und nichts passierte, das dieses Problem lösen half.

Die zweite und weitaus kompliziertere Frage lautete: Was genau war eigentlich Anna? Ein Kind, ein kleines Mädchen natürlich, sehr intelligent, sehr begabt, doch das war nicht alles. Sie fiel jedem Menschen auf, der sie kennenlernte. Jedermann sah etwas Besonderes in ihr, hielt sie für anders als andere Kinder. »Sie ist eine Wunderfee«, sagte Millie vom Strich. »Sie hat das Gesicht«, sagte meine Mutter. »Sie ist ein verdammt dolles Genie«, sagte Danny. Und Pastor Castle behauptete: »Sie ist ein aufsässiges, rotzfreches Ding.«

Diese Andersartigkeit rief bei manchen Leuten ein leises Gefühl der Unsicherheit hervor; aber Annas Unschuld und ihr Charme zerstreuten gleich darauf jeden Argwohn und jede Ängstlichkeit. Wäre sie ein mathematisches Genie gewesen – gut, in Ordnung. Man hätte gesagt, eine Hirnwindung war bei ihr vor allen anderen gut entwickelt – sie konnte im Kopf ausrechnen, was andere Leute nicht einmal auf dem Papier zustande brachten. Wäre sie ein musikalisches Wunderkind gewesen, auch gut. Damit wäre man ebenso prima fertig geworden. Sie hätte Klavier gespielt oder Geige – besser als andere, na schön. Aber Annas tiefere Andersartigkeit lag darin, daß sie mit ihren festen Meinungen so häufig recht hatte. Und je länger sie bei uns lebte, desto öfter bemerkten wir diese merkwürdige Fähigkeit. Eine Nachbarin war fest davon überzeugt, daß Anna in die Zukunft sehen konnte. Aber Mrs. W. tat derlei selber. Sie lebte zwischen magischen Karten und Kaffeesatz. So mußte man ihre Meinung nicht ernst nehmen. Tatsache aber war, daß Anna schließlich eine Art kleines Orakel für das East End wurde, ein zu klein geratener Prophet. Trotzdem hatte sie mit einer mysteriösen Geisterwelt sicher nichts zu tun. In einem tieferen Sinn war bei ihr alles ebenso rätselhaft wie simpel. Sie erfaßte nur die Dinge auf eine eigene Weise, und sie wußte, wie sich das Ganze aus kleinen Stücken zusammensetzte. Alles war ebenso einfach wie kompliziert, wie das Netz der Kreuzspinne an einem Frühlingsmorgen oder wie die gleichmäßigen Spiralen auf einer Meeresmuschel. Anna sah Schöpfung dort, wo andere nur Chaos und Unordnung fanden. Anna sah Dinge, wo andere gar nichts erblickten. Und das war wohl ihre Gabe, ihr Anderssein.

## 13
## *Eine Squillion Fragen*

Es war an dem Tag, als der Pferdekarren mit dem Hinterrad in der Straßenbahnschiene steckenblieb. Ein halbes Dutzend willige Helfer waren sogleich zur Stelle.

»Alle zusammen, Jungs, wir machen das Ding wieder flott. Wenn ich sage ›los‹, dann schieben wir alle auf einmal. Achtung! Fertig! Los!«

Wir schoben wie die Verrückten. Nichts rührte sich. Das Rad saß fest.

»Noch einmal, Jungs. Eins, zwei, fertig! Los!«

Wir schoben. Nichts.

Noch ein paar Minuten verstrichen mit lautem Gebrüll und erfolglosem Kraftaufwand. Da zupfte mich Anna an der Jacke.

»Fynn, wenn du vielleicht irgendwas Festes quer über die Schienen legst, direkt unter das festgeklemmte Rad, dann rutscht es nicht, wenn ihr schiebt. Und das Pferd kann auch mitziehen.«

Ich fand eine flache Eisenstange, einige Steine stützten das Rad. Wir schoben, das Pferd zog. Und das Rad löste sich so sanft und leicht, als zöge man einen Korken aus einer Weinflasche. Jemand klopfte mir auf den Rücken.

»Prima, Junge, prima Idee das.«

Konnte ich sagen, es war nicht meine Idee, sondern die eines sechsjährigen Mädchens? Ich akzeptierte das Lob schweigend, ich Feigling.

Es war wahr. Anna hatte eine Menge Glück. Fortüne ist das bessere Wort dafür. In solchen Augenblicken war ich stolz auf sie; aber es gab auch Momente großer Qual, wenn sie gewisse Grenzen überschritt. Ihre Ansichten und Forderungen schienen manchmal allzu wild und voreilig zu sein, so daß ich mich zum Bremsen verpflichtet fühlte. Sie nahm auch das gelassen hin, ohne jeden Kommentar. Ich fühlte mich unsicher, peinlich berührt und machte sicherlich lange Zeit alles falsch.

Anna verstand alles. Sie fand den Aufbau eines Atoms so einfach, wie ein Kanarienvogel es einfach findet, seine Körner aufzupicken. Sie begriff die Größe des Universums, und die Unzahl der Sterne entlockten ihr nicht mal einen schnelleren Wimpernschlag. Eddingtons Berechnung, wie viele Elektronen es wohl im Weltall gebe, schien ihr beachtlich, aber doch durchaus überschaubar. Es war nicht einmal schwer, sich eine noch größere Zahl als diese auszudenken. Anna verstand ohne Schwierigkeit, daß Zahlen unendlich weitergehen und daß es keine Grenze gab. Bald entstand allerdings ein Mangel an Wörtern, um diese immer größeren Zahlen einigermaßen zu bezeichnen. Das Wort »Million« reichte für die meisten normalen Dinge. Eine Billion war schon seltener. Wünschte man aber an eine Zahl zu denken, die noch viel

viel größer als Billionen und Trillionen war, so mußte man ein Wort erfinden. Anna erfand die »Squillion«. Es war ein sonderbar elastisches Wort. Man konnte es beliebig drehen wie ein neues Gummiband. Und Anna brauchte ein solches Wort dringend.

Eines Abends saßen wir wieder am Bahndamm, schauten den vorüberfahrenden Zügen nach und winkten den Leuten in ihren Abteilen zu. Anna trank Kribbelwasser, eine von ihr besonders geliebte, grausig bonbonfarbene Brauselimonade. Und während sie trank, fing sie an, vor sich hin zu kichern. Schwer, die nächsten Minuten zu beschreiben. Will man die Stimmung nachvollziehen, so schlage ich vor: Kichern plus Kribbelwasser produziert fabelhafte Schluckaufs. Alle drei Dinge zusammen machen einen Menschen relativ schnell atemlos. Ich wartete, bis das Gekicher aufhörte, der Schluckauf erträglich wurde. Ich wartete, bis Anna den Kopf zurückwarf und ihre Haare schüttelte.

»Also«, sagte ich, »was gibt's, Fratz, was ist so irre komisch?«

»Ich habe gerade gedacht, daß ich bestimmt eine Squillion Fragen beantworten kann.«

»Ich auch«, sagte ich trocken und ohne Verwunderung.

»Was? Das kannste auch?« Aufgeregt wandte sie sich mir zu.

»Klar. Das ist gar nichts. Und wahrscheinlich ist eine halbe Squillion Antworten falsch.« Sehr vorsichtig verfolgte ich mein pädagogisches Ziel mit dieser leicht wegwerfenden Bemerkung. Aber es half nichts, ich verfehlte das Ziel vollkommen.

»Oh!« Ihre Enttäuschung war nicht zu überhören. »Meine Antworten sind immer richtig.«

Das, dachte ich, ist zuviel. Hier fehlt die Autorität. Eine leichte Korrektur an Annas offensichtlichem Größenwahn würde nichts schaden.

»Das gibt es nicht. Niemand kann eine Squillion Fragen richtig beantworten.«

»Ich schon. Ich kann sogar eine Squillionensquillion Fragen richtig beantworten.«

»Das ist Quatsch, Fratz. Das kann keiner.«

»Ich kann . . . ganz bestimmt.«

Ich schnappte nach Luft und drehte sie zu mir, damit sie mir ins Gesicht sehen konnte. Ich war drauf und dran, sie zu beschimpfen. Aber ihre Augen waren ruhig und sicher. Sie war überzeugt, im Recht zu sein. So schwieg ich.

Sie sagte: »Ich bring's dir bei.« Bevor ich auch nur ein Wort äußern konnte, legte sie los mit dem Unterricht:

»Wieviel ist eins und eins und eins?«

»Drei, natürlich.«

»Wieviel ist eins und zwei?«

»Drei.«

»Wieviel ist acht weniger fünf?«

»Immer noch drei.« Ich überlegte, was sie bezweckte, kam aber zu keinem Ergebnis.

»Wieviel ist acht weniger sechs und eins?«

»Drei.«

»Wieviel ist hundertunddrei weniger hundert?«

»Genug. Schluß, Fratz. Auch drei natürlich, aber du willst mich hereinlegen.«

»Nein, will ich überhaupt nicht.«

»Aber es sieht so aus. Du denkst dir Fragen aus, eine nach der anderen, so wie du einen Fuß vor den anderen setzt.«

»Ja, klar.«

»Na also. Auf die Weise kannst du weiterfragen, bis du schwarz wirst oder bis ich schwarz werd.«

Ihr Lächeln explodierte in schallendes Gelächter, und ich überlegte, was an meiner Antwort so komisch war. War »weiterfragen, bis du schwarz wirst«, nicht das gleiche, wie eine Squillion Fragen stellen? Was war es denn? Noch eine Drehung der Daumenschraube. Sie sagte: »Wieviel ist ein halb und ein halb und ein halb?«

Ich legte ihr die Hand auf den Mund. Ich hatte begriffen. Anna erwartete gar keine Antwort, sie wollte bloß fragen. Mit der Einfachheit einer fürsorglichen Mama, die ihr Baby ins Bett bringt, fragte sie: »Und auf wie viele Fragen kann man antworten: Drei?«

Ein wenig unsicher war ich, wohin mich dieser Weg führen würde. Ich sagte schüchtern: »Squillionen?« und schaute Anna nicht an.

Ich winkte einem Zug nach. Jemand winkte zurück. Anna lehnte ihren Kopf an meine Schulter und sagte:

»Ist das nich komisch, Fynn? Jede einzige Zahl ist die Antwort auf Squillionen von Fragen.«

Ich glaube, in diesem Moment begann meine eigene ernsthafte Erziehung. Wie lange hatte ich geschlafen? Wußte ich, ob ich kam oder ging? Ich lebte nach der altmodischen Weise, zuerst zu fragen, dann zu antworten. Und nun? Nun gab es ein winziges, quirliges Ding, einen rothaarigen Dämon von dreiviertel Meter Länge, und dieser Dämon sprach mit mir, flüsterte mir zu, alles ist falsch, was du bisher gelernt hast. Jeder Satz, jedes Wort, jede Zahl, jeder Atemzug ist die Antwort auf eine Unzahl von unausgesprochenen Fragen. Was für ein Unsinn eigentlich? Aber ich war nun einmal so weit gekommen und fand das neue Leben aufregend und nützlich. Ich sah zuerst die Antwort und ging dann rückwärts, einen langen Weg, bis ich auf die Frage stieß.

»Wenn es ganz furchtbar viele Fragen für eine einzige Antwort gibt, das ist doch lustig . . . oder?«

Aber mit einem lustigen Spiel war Anna nicht zufrieden.

»Jetzt spielen wir das mal so: Du sagst eine Antwort, und ich mach Fragen dazu. Und wenn du eine Antwort weißt, auf die ich mir bloß eine einzige Frage ausdenken kann, dann hast du gewonnen.«

Es stellte sich heraus, je weniger Fragen es auf eine Antwort gab, desto wichtiger und ernsthafter waren diese Fragen.

Was für eine verkehrte Welt. Es machte mir mehr und mehr Spaß, auf Antworten Squillionen von Fragen zu wissen. Ich dachte mir einen grotesken Haufen Unsinn aus, und die Antwort war immer gleich. Im Fragenstellen kam ich mir vor wie der Klassenprimus, der ich nie sein wollte. Jetzt wußte ich, wie der sich gefühlt haben mußte. Stolz, befriedigt, ich bin der Größte. Nur das andere Ende der Skala machte mir Sorgen. Ich fand keine einzige Antwort, auf die es nur eine einzige Frage gab. Das Spiel war nicht zu gewinnen.

## 14

## *Die ganz große Frage*

Anna und ich stromerten eines Abends durch die Bahnanlagen. Sie hopste in endlosem Hinkepinke auf dem Pflaster entlang. Plötzlich drehte sie sich nach mir um, ohne das Gehopse zu unterbrechen.

»Fynn, sag mal ›in mir drin‹.«

Als gut erzogener Schüler, sagte ich brav: »In mir drin.«

Sie legte die Hand ans Ohr und schrie aus zehn Metern Entfernung: »Waas? Was hast du gesagt?«

Ich hörte auf zu träumen, füllte meine Lungen mit der nötigen Luft und brüllte, so laut ich konnte: »In mir drin.«

Kleine alte Damen mit Einkaufsnetzen huschten über die Straße und warfen mir vorwurfsvolle Blicke zu. Junge Mädchen kicherten, und Kinder zeigten mir den Vogel. »Bei dem ist 'ne Schraube locker«, sagte ein rotznäsiger Giftzwerg. Verständlich. Was sonst war von einem einmeterzweiundneunzig langen jungen Mann von etwa zwanzig Jahren zu halten, der plötzlich mitten auf der Straße stehen bleibt und aus Leibeskräften »In mir drin« schreit.

Die Blicke der Leute sagten »Man kann nie wissen« oder auch »Vorsicht, er gehört in die Klapsmühle«. Wie konnten sie wissen, daß ich mich mit einem hopsenden, springenden Dämon unterhielt, der mittlerweile am fernen Ende der Straße Hinkepinke spielte. Es war offensichtlich, dieser junge Mann hatte nicht alle Tassen im Schrank. Ich stand noch immer da mit offenem Mund, wie ein Goldfisch an Land. Dann nahm ich die Beine unter den Arm und raste davon um die nächste Hausecke, in die nächste Seitenstraße und wieder eine Seitenstraße und noch einmal nach links. Atemlos erreichte ich den Platz, an dem Anna unschuldig hopste, als ginge sie all das nichts an.

»Oih«, japste ich. »Kommste mit?«

Meine Lehrerin, meine Quälerin, fuhr fort mit ihrem geistesabwesenden Auf-und-ab-auf-und-ab, ein tanzendes Jojo. Ich drückte beide Hände auf ihren Kopf, auf die roten Hexenhaare und schrie:

»Hör auf jetzt. Stell mal deinen Motor ab. Du schüttelst dein Gehirn noch so lange, bis Butter draus wird.«

Sie stand still und sagte: »Wie heißt die große Frage, Fynn?«

»Wie, zur Hölle, soll ich das wissen«, schrie ich und sah aufmerksam die Straße entlang. Meine Phantasie sah weißgekleidete Männer näher kommen. Sie hatten eine Zwangsjacke bei sich und wollten mich holen.

»Du hast ja Angst!« Anna nahm meine Hand, und wir gingen davon. Es war kein Vorwurf, nur eine Feststellung. Wir kamen zur Kanalbrücke, und Anna sagte:

»Nehmen wir die Abkürzung?«

Ich hob sie auf und setzte sie übers Geländer auf

den Weg, der einen Meter tiefer neben dem Kanal entlanglief. Ich sprang hinterher. Jedesmal, wenn wir hier vorüberkamen, gingen wir diesen Weg; die Treppenstufen weiter vorn hatten wir noch nie benützt. Wir trödelten den Weg entlang und sagten »Guten Abend, die Herrschaften« zu zwei müden Bierwagenpferden. Wir ließen Kiesel über das schmutzige Kanalwasser hüpfen und versenkten eine leere Büchse, in der einmal gehackter Spinat gewesen war. Ein hölzernes Boot lag da und faulte langsam vor sich hin. Wir kletterten an Bord, setzten uns auf das Bänkchen und ließen die Beine außenbords baumeln. In der Manteltasche fand ich noch eine zerdrückte Zigarette und strich sie glatt. Ich suchte nach einem Streichholz; auch das fand ich irgendwo in einer der siebenundzwanzig Taschen, die ein junger Mann dringend benötigt. Anna hielt mir ihren Schuh entgegen, und ich rieb das Streichholz an der Sohle an. Ich nahm einen tiefen Zug.

Wir saßen da und ließen uns bescheinen von diesigen Sonnenstrahlen, die nur recht und schlecht durch den Qualm aus all den Fabrikschornsteinen drangen. Ich träumte von einer schneeweißen Segeljacht auf dem Mittelmeer. Der Steward brachte mir eben ein eisgekühltes Bier und zündete mir meine Zigarette an, eine Spezialmarke selbstverständlich, die mein Monogramm trug. Die Sonne schien an einem azurblauen Himmel, das Wasser war noch blauer, Blumen schwammen in diesem Azur, es war alles ganz fabelhaft. Neben mir lag Anna an Deck der schneeweißen Jacht. Sie war ein glückliches, zufriedenes Kind, das nur Freude kannte und so unschuldig dreinsah wie ein früher Sommermorgen. Ich hatte keine Ahnung, wie beschäftigt dieser Miniaturengel gerade war, ihren Frage-und-Antwort-Ofen anzuheizen. Ich wußte nicht, wie eifrig sie ihre Messer schärfte, ihre Streitaxt schliff.

Da lief meine wundervolle Traumjacht auf eine Mine und sank augenblicklich. Mein komfortabler Liegestuhl verwandelte sich in das schmutzige Metalldeck eines alten Lastkahns. Mein Kissen war eine Rolle aus Schiffstrossen; die Zigarette mit Monogramm verlosch und glich einer zerbröselnden kalten Kippe. Die wundersamen Gerüche der exotischen Blumen verwandelten sich in den Gestank der Seifenfabrik, in der Überstunden gemacht wurden.

»Bist du innen ganz leer?«

Ich schloß die Augen und hoffte auf eine andere Jacht, die mich auffischen und retten würde. Der weiße Bug nahm in meinen Träumereien bereits Formen an. Ich sah die Balkenüberschriften in der Boulevardpresse »Dramatische Rettung auf hoher See«, »Junger Mann nach einundzwanzig Tagen gefunden – Exklusiv«. Mir gefiel die Geschichte sehr. Sie paßte zu mir und meinen Träumen.

»Hiiiiih!«

Mein rechtes Trommelfell platzte fast, die feinen Geschichten sausten eilig zum linken Ohr hinaus. Mein leeres Gehirn füllte sich langsam mit den Realitäten der Gegenwart.

»Was is denn nun schon wieder los?« sagte ich sauer.

»Du bist innen drin ganz leer.«

Ich wußte nicht – war das nun eine Frage oder eine Beleidigung?

»In mir drin isses nich leer, du Hexe, ich bin völlig voll, so!«

»Wie heißt dann die Frage?«

Ich wußte, was sie von mir wollte. Aber das kam jetzt nicht in Betracht. Sollte sie schmoren.

Einen Augenblick dachte ich, soll die Frage etwa heißen: »Wo ist Anna?« Und die Antwort würde lauten: »In mir drin?« Nichts da. Ein zu gefährliches Feld. So sagte ich:

»Die Frage auf die Antwort ›in mir drin‹ heißt: ›Wo ist Millie?‹«

Anna grinste. Und einen Moment lang dachte ich, sie würde mir ein Bonbon in den Mund stecken, weil ich ein so braver Schüler war.

»Und was ist die Frage auf die Antwort ›in Millie innen drin!‹«

Ha! Das hatte ich schon ausprobiert. Da war die Gelegenheit. Die Frage auf diese Antwort würde Anna zum Schweigen bringen. Damit hatte sie nicht gerechnet. Das Spiel war doch zu gewinnen. Mit großer Vorsicht antwortete ich:

»Vor der Antwort ›innen drin in Millie‹ steht die Frage: ›Wo ist Sex?‹« Und zu mir selber sagte ich, so, du kleines verdorbenes Subjekt, jetzt sieh zu, wie du da herauskommst.

Aber Anna mußte nirgendwo herauskommen, denn sie war gar nicht erst irgendwo hineingekommen. Ohne auch nur mit den Augen zu blinzeln, setzte sie ihr Antwort- und Fragespiel fort. Die Fabrik in ihr lief und brauchte keine Ferien. Sie sagte:

»Und wie heißt die Frage auf die Antwort ›in der Mitte von Sex‹?«

Ich streckte die Hand aus, legte ihr den Zeigefinger auf die Lippen und sagte: »Die Frage auf diese Antwort heißt: ›Wo ist Mister Gott?‹«

Sie sah mich an, und dann biß sie kräftig zu. Ihre Augen sagten, das ist dafür, weil du mich so lange hast warten lassen. Ihre Lippen sagten ja.

Ich räkelte mich auf dem Boden des alten Kahns und dachte darüber nach, was ich eben gesagt hatte. Und je mehr ich darüber nachsann, desto mehr kam ich zu der Überzeugung, daß das gar nicht so dumm war; nein, eigentlich war es doch geradezu ausgezeichnet. Mir gefiel es, ich gefiel mir selbst. Schließlich wurde doch allerlei Unsinn beiseite geschoben, wenn man wußte, wo Gott war. Tatsächlich, es gefiel mir sehr, nur . . .

Das »nur« blieb mehrere Tage in der Luft hängen, bevor es aufgelöst wurde. Sogar mein kleiner Dämon ging vorsichtig zu Werke. Sie führte mich sacht an die Dinge heran und erklärte mit Worten, die auch ein so schußliger Idiot wie ich verstehen konnte. Ich war so weit gegangen, wie es für mich möglich war. Ohne zu zögern, hatte ich die Frage auf alle Antworten gefunden. Die Antworten hießen: »In den Würmern, in den Blumen, in dir, in mir.« Sogar alberne Antworten wie »in der Straßenbahn« waren mir eingefallen; und auf alle diese Antworten gab es nur eine Frage: »Wo ist Mister Gott?« Statt eines großen allmächtigen Gottes, der in seinem Himmel aus X Dimensionen saß, gab es jetzt ein ganzes Assortiment kleiner Mister Gotts. Alle waren sie der Mittelpunkt von irgend etwas. Und alle diese Mittelpunkte konnte man zusammensetzen zu einem riesigen Puzzle aus Millionen, Squillionen Teilen, und das Ergebnis war wiederum Mister Gott in seiner unüberschaubaren Größe.

Anna erklärte mir all das, und ich dachte zuerst an den guten alten Propheten Mohammed. Er mußte damals noch zum Berg gehen; bei Anna war das nicht nötig. Sie befahl, und was sie wollte, geschah. Wie war das gewesen, neulich? »Meine Antworten sind immer richtig.«

»Wo bist du?« fragte Anna.

»Hier natürlich«, sagte ich.

»Und wo bin ich?«

»Dort.«

»Und wo weißt du das, daß ich dort bin?«

»Na, irgendwo in mir drin weiß ich das.«

»Dann hast du doch das, was in mir drin ist, auch in dir drin . . . oder?«

»Bißchen komisch, Fratz, aber vielleicht stimmt das.«

»Dann hast du Mister Gott, der in mir drin ist, auch in dir drin . . . oder? Und alles, was du weißt, und alle Leute, die du kennst, die hast du doch auch ganz in dir drin . . . oder? Sonst könnte man doch gar nicht denken. Das ist doch ganz einfach.«

Der Kindersatz »warum einfach, wenn es auch umständlich geht« fiel mir ein. Mit Anna als Lehrerin wurde dieser Satz umgekehrt. Es war alles einfach, glaubte sie. Mir schien es nicht ganz so zu sein. Ich hatte geglaubt, meine Lehrzeit sei bald beendet, aber hier sah ich meine Grenzen. So wie damals, als ich mir zum ersten Mal Gedanken über Sex machte. Auch das sah zu Anfang einfacher aus, als es nachher war.

## 15

## *Merkwürdiger Sexualkunde-Unterricht*

Wohnte man im East End von London, so war das Thema Sex nicht sonderlich kompliziert. Es war noch zu einer Zeit, als man dieser Frage überhaupt nicht eine solche Bedeutung beimaß wie heutzutage. Mit unkompliziert meine ich die Tatsache, daß es im East End niemanden gab, der ein halbes Leben lang glaubte, er sei in einem Vogelnest zur Welt gekommen, oder der Klapperstorch habe ihn gebracht. Niemand hielt was von der niedlichen Geschichte von den Blümlein und Bienlein. Jeder wußte, man war vielleicht irgendwo in einem Gebüsch an einem Sommerabend entstanden, aber keiner behauptete, der Osterhase habe das Baby dort im Gebüsch versteckt. Die Kinder kannten das einschlägige Vokabular, bevor sie bis zehn zählen konnten. Sex wurde noch nicht mit großen flammenden Lettern geschrieben. Anders bei Anna. Sie stellte fest, das Wort gehöre überhaupt nur groß geschrieben. SEX, SEX. Und dabei hatte das mit Sexualität nichts zu tun. Selbstverständliches war für Anna uninteressant. Babies waren Babies, was immer man ihnen für Namen gab. Kleine Katzen waren Babies, Lämmer waren Babies, und ganz kleine Kohlköpfe waren Kohlkopfbabies. Das einzige, das alle diese Babies gemein hatten, war die Tatsache, sie waren neu, brandneu. Eben entstanden. Und wenn das wahr war, wie verhielt es sich eigentlich mit Ideen, Gedanken? Mit Sternen? Mit Bergen? Mit allen möglichen Dingen? Was gab es zu argumentieren, wenn jemand behauptete, Worte könnten neue Ideen machen? War es möglich, daß Worte etwas mit Sex zu tun hatten?

Ich ahnte nicht, wie lange Anna über diesem Problem gebrütet hatte, vielleicht sogar Monate. Es war ein glücklicher Zufall, daß ich gerade dabei war, als Anna ihre Gedanken zu einem Abschluß brachte. Es geschah an einem Sonntagnachmittag nach einem schauerlich erfolglosen Unterricht in der Sonntagsschule.

Danny und ich hielten uns an einer Straßenlaterne fest und schwatzten mit Millie, die hüftenschwenkend vorüberkam.

Die Straße war voller spielender, kreischender Kinder. Vier oder fünf von ihnen balgten sich um einen gelben Luftballon, bis er platzte.

Millie rannte zu den heulenden Kleinen und wischte ihnen die Tränen mit einem Spitzentaschentuch ab. Und Danny wurde von der Horde eingefangen; er war das nächste Objekt, um das sie sich balgen wollten.

Anna hatte »Ballprobe« gespielt. Ein endloses Ding, bei dem man den Ball kunstvoll an die Wand werfen und ebenso kunstvoll wieder fangen mußte, einmal rechts, einmal links, einmal unter dem Bein durch, einmal hinter dem Rücken hervor. Jetzt hörte sie auf, kam herüber, und wir setzten uns auf den

Boden und lehnten uns an den Laternenpfahl. Plötzlich hörte ich, wie Anna mit der Zunge schnalzte. Es war ein unnachahmliches Geräusch. Ich hatte keine Ahnung, wie sie das zustande brachte, und erklären konnte sie es auch nicht. Aber immer, wenn sie auf diese Weise schnalzte, war das ein Zeichen für angestrengtes Nachdenken. Ich sah zu ihr hinüber.

Sie hielt einen Gummifetzen des geplatzten Ballons mit einem Fuß auf dem Boden fest, mit einer Hand zog sie das elastische Material in die Länge, mit dem rechten Zeigefinger bohrte sie hinein.

»Das is ja irre komisch«, murmelte sie. »Fynn, guck mal!«

»Is was, Fratz?«

»Zieh mal da dran.«

Ich zog die Ballonreste noch weiter in die Länge, und Anna bohrte ihren Zeigefinger weiter hinein, ohne das Gummi zu zerreißen.

»Irre komisch, was?«

»Was is da komisch?«

»Na, wie das aussieht, mein ich.«

»Das sieht aus wie ein Zeigefinger, den Anna in eine Luftballonhaut bohrt. So sieht das aus. Und das findst du irre komisch?«

»Das sieht doch aus wie dein Ding, ich meine das, was ein Mann hat, nich?«

»Na, bißchen klein, aber ungefähr so sieht es schon aus.«

»Und auf der annern Seite sieht es aus wie vonner Frau.«

»Wirklich? Laß mal sehn.« Ich sah genau hin. Anna zog den Finger zurück. Auf der anderen Seite blieb eine Delle im Gummi. Ein bißchen Ähnlichkeit gab es schon, wenn man die Phantasie anstrengte.

»Das is doch wirklich ganz irre komisch.«

»Na, so furchtbar irre find ich das nun wieder nicht.«

»Ich mach bloß eine einzige Sache« – und wieder bohrte sich ihr Zeigefinger in die Gummihaut – »bloß eine Sache, und heraus kommt das Ding von einem Mann und das von einer Frau, beides gleichzeitig. Und das findest du nicht irre?«

Ich lachte. »Deine Methode geht jedenfalls schnell. Das ist komisch.«

Sie lief davon, um mit den anderen zu spielen.

Es muß ungefähr drei Uhr nachts gewesen sein, als sie neben meinem Bett erschien.

»Fynn, bist du wach?«

»Nein.«

»Prima. Ich dachte schon, du schläfst. Darf ich zu dir?«

»Wenn's unbedingt sein muß.«

Sie rutschte flink unter die Decke.

»Fynn, die Kirche. Ich meine, ist die Kirche vielleicht sexuell . . . oder wie das heißt?«

Jetzt wachte ich auf.

»Was heißt das? Was meinst du damit?«

»Die Leute sagen doch immer, die Kirche sät die guten Samen in die Menschen hinein und macht alle neuen Sachen . . . oder?«

»Oh!«

»Und deshalb gibt's eben auch bloß Mister Gott und nicht Frau Gott!«

»Tatsächlich?«

»Das könnte doch so sein, nicht? Ich glaub, auch der Schulunterricht ist sexuell.«

»Das erzählst du deiner Lehrerin besser nicht.«

»Warum nicht? In der Schule machen sie Sachen in unsern Kopf rein, und dann entsteht was ganz Neues.«

»Fratz, das ist nicht Sex, das ist Lernen, verstehst du? Mit Sex macht man Babies, das weißt du genau.«

»Bestimmt nicht bloß Babies. Das glaub ich nicht.«

»Und wie kommst du da drauf?«

»Also, wenn es auf der einen Seite ein Mann ist und gleichzeitig auf der andern Seite eine Frau.«

»Auf der einen Seite von was?«

»Ich weiß noch nicht. Ich denk noch drüber nach.« Sie schwieg einen Moment. Dann fragte sie: »Bin ich eine Frau?«

»Ich schätze schon. Fast eine Dame, Fratz.«

»Aber ich krieg trotzdem keine Babies, oder?«

»Na ja, noch nicht jetzt. Aber später ganz sicher.«

»Aber ich kann ganz allein ganz neue Ideen kriegen . . . oder?«

»Klar. Neue Ideen haufenweise.«

»Das ist doch dann so wie Kinderkriegen? Ein bißchen so ähnlich wenigstens?«

An diesem Punkt versickerte unsere nächtliche Unterhaltung. Etwa eine halbe Stunde lag ich noch wach, aber dann war ich wohl eingeschlafen. Jedenfalls wurde ich plötzlich unsanft geschüttelt und Anna fragte:

»Schläfst du Fynn?«

»Jetzt nicht mehr.«

»Wenn etwas herauskommt, ist es eine Frau, wenn

etwas hineinkommt, ist es ein Mann, männlich mein ich.«

»Was meinst du mit ›etwas‹?«

»Überhaupt alles.«

»Oh. Das ist hübsch.«

»Ja. Ist das nich wahnsinnig aufregend?«

»Atemberaubend! Und wenn du mich jetzt nicht schlafen läßt, red ich nie wieder mit dir. Still und halt den Mund.«

»Aber denk doch, du kannst ein Mann sein und eine Frau, beides zur gleichen Zeit.«

»Ich schlafe schon.«

# 16

# *Ein nächtliches Gedankengebirge*

Zwei Jahre Leben mit Anna waren Freude, Stolz und Vergnügen über das, was sie gesagt oder getan hatte. Die Nachbarn riefen mir zu: »Rate mal, was Anna heute gesagt hat« oder »Rate, was sie heute getan hat«. Ich lachte über Annas Kühnheit und unschuldigen Kindermut. Es war ein liebevolles Lachen. Ich war ihr um einige Stufen voraus auf jener Klettertour, genannt Leben, bei der man Verständnis für andere nur langsam lernt, sich aber auch manche Beule und Schramme holt. Und je höher man erfolgreich geklettert war, desto leichter fielen einem Großzügigkeit und Wohlwollen. Auch Wohlwollen denen gegenüber, die sich auf der gleichen halsbrecherischen Tour befanden, aber noch tiefer unten krabbelten.

Anna kletterte eifrig mit. Daß sie mir eigentlich voraus war, bemerkte ich erst viel später. Sie streute ihre Gedankenperlen umher, wie es ihr in den Sinn kam. Und ich bückte mich und hob einige auf. Viele blieben unbeachtet liegen, weil sie wie einfache Kiesel aussahen. Jede Sekunde des Lebens wird in einer Ecke unseres Hirns gespeichert und säuberlich registriert. Wo aber waren Annas Gedanken bei mir aufgehoben? Ich habe den Schlüssel zu den fest verschlossenen Schubladen verloren. Nur manchmal springt eine durch Zufall auf. Ein Gedanke liegt darin, blank und neu. Irgend etwas geschah, ein Wort wurde gesagt, und meine Erinnerung kehrt zurück.

Ich entdeckte das Wesen meiner Beziehung zu Anna an jenem Abend, an dem ich zu begreifen begann, wer sie eigentlich war. Oder zumindest erfuhr ich ein wenig, wie sie dachte und wie sie die Dinge anpackte. Mochte es noch so skurril sein.

Es war zu Beginn des Winters. Es wurde früh dunkel. Wir hatten die Küche für uns allein. Niemand außer uns beiden war zu Hause. Die geschlossenen Fensterläden ließen das naßkalte Wetter draußen. Im Herd glosten die Kohlen vor sich hin, und zitternde Flammenzungen leckten dann und wann durch das Gitter.

Auf dem Küchentisch standen und lagen ein halbfertig gebasteltes Radio, Schachteln mit wirrem Krimskrams, eine Spirituslampe, ein Lötkolben und ein »geordnetes« Durcheinander von Werkzeugen, Sicherungen, Kleberollen.

Anna kniete auf einem Stuhl und stützte die Ellbogen auf den Tisch. Das Kinn legte sie in die Hände und schaute mir nachdenklich zu. Ich saß ihr gegenüber, und meine Aufmerksamkeit blieb nicht ungeteilt. Da war einerseits die Radiobastelei, aber andererseits gab es Anna und drittens die Schatten an der Wand. Das Feuer im Herd wurde langsam lebendiger. Die Flammen warfen Annas Schatten an die Wand. Sie fielen wieder zurück. Neue Flammen warfen neue Schatten. Eine Erklärung wäre einfach, aber der geheimnisvolle Effekt vereitelte jede sachliche, unromantische Erläuterung. Dort lief wieder ein Schatten an der Wand entlang. Zuerst hielt er an bei dem rührenden Ölgemälde mit den zwei Hirschen, dann hüpfte er zur Tür und blieb schließlich in den Gardinen hängen. Die Schatten liefen auf und ab, als hätten sie ein Eigenleben. Sie verschwanden und erschienen, als spielten sie mit sich selbst. Meine Augen folgten ihnen, von einem zum andern, dann gab es plötzlich drei auf einmal. Die Flammen erloschen wieder, nichts blieb zurück. Irgend etwas in mir rührte mich an. Aber es lag zu tief, um ergründbar zu sein. Anna sah auf, schaute mich an und lächelte. Das Gedankenkarussell in mir drehte sich, aber es geschah nichts. Die Schatten tanzten davon und hinterließen in mir eine melancholische Leere.

Ich bastelte an meinen Drähten. Niemand sagte etwas. Nur die Flamme des Lötkolbens zischte leise vor sich hin. Ich schloß die Batterien an und setzte Sicherungen ein. Zuletzt große Probe: Wir drehten das Ding an, waren gespannt. Nichts. So etwas passiert auch mir von Zeit zu Zeit. Ein paar Messungen im rechten Spannungsbereich. Dort lag offenbar der Fehler. Ein paar Lötstellen saßen falsch und gehörten wieder aufgemacht. Mit dem Voltmesser war das leicht festzustellen. Ich schloß das Gerät an den Stromkreis an und schaltete es ein. Es war einer von diesen kleinen, lächerlichen Fehlern, die durch Unaufmerksamkeit entstehen. Er ließ sich rasch beheben. Anna legte ihre Hand auf meine Hand und runzelte nachdenklich die Stirn.

»Was hast du eben gemacht?« fragte sie und wies auf das Meßgerät.

»Damit hab ich den Fehler gefunden.«

»Bitte, Fynn, mach alles noch mal, was du eben gemacht hast.« Sie sah nicht mich an. Ihre Augen hingen an dem kleinen Gerät. »Ganz genau noch mal von Anfang an.«

»Wieso? Ich soll den Fehler wieder reinbauen, nachdem ich ihn gerade gefunden und weggekriegt hab? Fratz, ärger mich nicht.«

Aber sie sah mich nur bittend an und nickte mir zu. So machte ich alles wieder kaputt und lötete noch einmal an den falschen Stellen.

»So, und was jetzt, du Hexe?«

»Jetzt mach es bitte wieder heil, so wie vorher, aber du mußt dazu reden«, bat sie.

»Aber Fratz, du verstehst kein Wort davon. Lauter Fachausdrücke. Technisches Zeug, verstehst du?«

»Ich will gar nicht die Wörter verstehen. Ich mein ganz was anderes.«

»Na gut. Also, zuerst hab ich in diesem Bereich hier die Spannung gemessen, dann den Voltmesser an den Widerstand gehalten. Das ergab eine andere Spannung an diesem Punkt hier.« Meine Finger tippten auf die jeweils beschriebene Stelle. »Du siehst, überall zeigt das Gerät die richtige Spannung. Und jetzt kommen wir an diese Stelle, wo vermutlich der Fehler sitzt . . .«

Anna sah auf den Voltmesser und registrierte die anderen Werte.

»Siehst du«, fuhr ich fort, »da sind andere Zahlen. Hier muß der Fehler liegen. Jetzt machen wir die

Lötstelle wieder auf und schließen das Gerät an den Stromkreis an, dann werden wir sehen, was passiert. Da! Keine Spannung! Kein Strom! Nichts!«

Ihre Hände kamen gekrochen. Ich nickte. Sie löste die Drähte vorsichtig und brachte sie an die richtige Stelle. Kein Strom. Dann fügten wir das noch fehlende Teilchen ein, schraubten gemeinsam alles zusammen. Ein Knopfdruck. Wir hörten Musik.

Kurz nach zwei Uhr nachts erwachte ich vom Klack-klack-klack der Vorhangringe. Anna stand dort im Licht der hereinscheinenden Straßenlaterne. Es war merkwürdig, wie das leise Geräusch der Ringe mich jedes Mal weckte. Merkwürdig jedenfalls, wenn man bedachte, daß wir alle in einer Wohnung schliefen, in der einem die draußen ratternden Züge geradezu zum einen Ohr hinein- und zum anderen wieder herausfuhren. Das störte nicht. Aber diese Vorhangringe überhörte ich nie.

In den zwei Jahren mit Anna hatten sich Bossy und Patch zu einer Art Leibwache für Anna ernannt. Niemand durfte ihrer Herrin ohne spezielle Erlaubnis zu nahe treten. Bossy, die krallenbewehrte Furie, landete heute nacht mit einem Satz auf meiner Brust. Patch war nicht ganz so draufgängerisch, sondern wandte sich um, ob Anna ihm auch folge.

»Wach, Fynn?«

»Was is los, Fratz?«

»Alles is los.«

»Oh.«

Sie schluchzte länger als gewöhnlich, und ich blätterte in meinem Gedächtnis die Ereignisse der letzten Tage durch, um den Grund für die Tränen zu finden.

»Hast du das Ding in die Mitte getan?« fragte sie endlich.

»Was für'n Ding in welche Mitte?«

»Na, das kaputte Stück bei dem Radio, das nachher heil war?«

»Du meinst, als der Stromkreis unterbrochen war?«

»Ja, da war so etwas wie eine kleine Schachtel, war die in der Mitte?«

»Ja. Warum?«

»Das ist komisch.«

»Warum?«

»Ich muß bei so was immer an Mister Gott denken und an die Kirche.«

»Hör mal, das ist wirklich übertrieben. Ich versteh kein Wort. Du mußt doch nicht bei jeder Gelegenheit Mister Gott an den Haaren herbeiziehen.«

Endlich lachte sie und sagte: »Aber es is ganz wahr. Bestimmt.«

Um zwei Uhr morgens funktioniert mein Gehirn zwar, aber langsamer als sonst. Um meine grauen Zellen in Betrieb zu setzen, hätte ich jetzt aufstehen müssen; aber es war hundekalt. So zündete ich mir nur eine Zigarette an. Der Rauch umwölkte uns und machte mich munter. Gott und seine heilige Kirche waren so was Ähnliches wie eine Radioreparatur. Na schön, das war morgens um zwei ein beachtliches Denkgebirge. Und Anna bremste man nicht leicht. So fügte ich mich in das Unvermeidliche und sagte freundlich:

»Zur Kirche gehen ist genauso wie ein Radio reparieren. Stimmt. Aber nun erzähl mir das noch mal. Ich hab das nicht ganz mitgekriegt. Erzähl hübsch der Reihe nach ... und langsam, bitte.«

Sie lehnte sich zurück und sortierte ihre Gedanken. Sie überlegte sich sichtbar ein paar einfache Sätze, die auch ein Erwachsener verstehen konnte.

»Was hast du gemacht, zuerst?«

»Die Spannung gemessen.«

»Außerhalb von dem Stromkreis?«

»Natürlich. Spannung kann man nur ohne Strom messen.«

»Und dann?«

»Die Stromstärke gemessen.«

»Innen drin?«

»Stärke kann man nur in einem geschlossenen Stromkreis messen.«

»Siehste. Also innen. Das ist genauso wie die Leute in der Kirche, nicht?«

Sie sah, daß ich noch immer nichts begriffen hatte, und fuhr fort:

»Ich meine, die Leute gehen zur Kirche und glauben, sie können Mister Gott ausmessen. Aber sie tun das immer nur von außen. Richtig messen, ich meine, die Stärke von Mister Gott kann man nur ausmessen, wenn man in ihm drin ist.«

Sie wartete geduldig, ob ihre Idee irgendwo bei mir Feuer fangen würde.

Draußen quälte sich der *Continental Express* vorbei in Richtung Liverpool. Er pfiff müde. Es war spät. Der Ton rannte außen an unseren Fenstern vorüber und lachte mich aus. Schläfrige Pullman-Wagen ratterten durch die Nacht – diddel-didam, diddel-di-die, diddel-di-diii. Alles hatte sich in dieser Nacht gegen mich verschworen. Ein paar meiner Hirnwindungen bequemten sich allmählich zu einem langsamen Erwachen. Neulich hatte ich zwar Thomas von Aquin gelesen, aber der hatte auch nichts über Radios gesagt. Also schob ich den Alten beiseite, damit Platz genug für Anna war.

Angenommen, ich bin ein Christ, so kann ich außen stehen und doch Gott ausmessen. Das Meßgerät zeigt nicht die Spannung, sondern ich lese andere Werte ab: Liebe, Güte, Allmacht. Eine ganze Menge solcher Einteilungen gab es auf der Skala. Und jetzt der nächste Schritt. Ich öffne den Stromkreis und füge ein Meßgerät, mich, ein. Setze ich mich in den Stromkreis, so bin ich ein Teil Gottes. Ob sie das meinte?

»Du sagst, ich kann denken, ich bin ein Christ. Ich kann Mister Gott von außen ermessen und sagen, er liebt uns, er ist allmächtig und alles das. Aber in Wirklichkeit ist das nichts? Überhaupt nichts? Ich bin nicht einmal so viel wie eine tote Ente?«

»Die Leute sagen das so.«

»Sicher. Aber ich gehöre auch zu den Leuten.«

»Na, dann weißt du es doch.«

»Was?«

»Daß überhaupt alles von den Menschen ausgedacht ist.«

Ich bestand auf weiteren Erklärungen. »Wenn ich das aber schaffe, hineinzukommen in den Kreis, und wenn ich Mister Gott von innen verstehe, bin ich erst dann ein Christ?«

Sie schüttelte langsam den Kopf. »Du könntest doch auch wie Harry sein, oder?«

»Der ist ein Jude.«

»Ja, oder wie Ali.«

»Der ist ein Inder.«

»Das sag ich ja. Es macht überhaupt nichts, was einer ist, wenn er Mister Gott von innen versteht.«

»Warte. Was zum Teufel aber kann ich dann noch messen oder verstehen, wenn ich innen drin angelangt bin?«

»Nix.«

»Wieso nix?«

»Weil es dann nämlich ganz wurscht ist. Du bist einfach wie ein Stück von ihm, ein kleines Stück natürlich nur. Aber du gehörst dazu. Das hast du selber gesagt.«

»Ich hab nie so was gesagt.«

»Doch. Du hast gesagt, wenn du dieses kleine Teilchen in den Stromkreis tust, dann gehört es dazu und ist ein Stück von dem Ganzen.«

Es stimmte. Ich hatte derlei gesagt und natürlich nur rein Technisches gemeint. Anna aber hatte ihr Weltbild daraus abgeleitet.

Die Kirchturmuhr schlug sechs. Es war ein düsterer Morgen. Ich fragte: »Wie viele Sachen erzählst du mir nicht?«

»Ich sag dir alles.«

»Wirklich? Tatsächlich alles alles?«

»Nein«, sagte sie ruhig, aber ein wenig zögernd.

»Und warum nicht?«

»'n paar Sachen, die sind eben, also die sind . . .«

»Zu komisch?«

»Hm. Bist du mir böse deshalb?«

»Nein, kein bißchen.«

»Ich dachte, du wärst vielleicht böse, wenn ich das sag.«

»Nein. Und wie komisch sind diese Sachen, die du nicht sagst?«

Sie setzte sich neben mir auf, bohrte ihre Zeigefinger in meine Arme und forderte Widerspruch heraus.

»So komisch ... wie zwei und fünf vielleicht vier ist.«

Das war's. Ich wußte genau, was sie meinte. So ruhig ich konnte, gab ich mein eigenes Geheimnis preis. Ich sagte: »Oder wie zwei und fünf vielleicht zehn ist?«

Einen Moment lang rührte sie sich nicht. Dann wandte sie mir ihr Gesicht zu und sagte leise: »Du auch?«

»Hm. Ich auch. Wie bist denn du drauf gekommen?«

»Unten bei der Brücke, wo wir immer die Abkürzung nehmen. Die Zahlen auf den Booten. Und du?«

»Im Spiegelbild.«

»Im Spiegel?« Sie staunte.

»Ja im Spiegel oder auch im Spiegelbild an der Wasseroberfläche.«

»Hast du das schon mal jemandem erzählt?«

»Ein paarmal.«

»Und was haben die anderen gesagt?«

»Sie haben gesagt, ich wäre dumm, und ich verplempere Zeit mit dem Unsinn. Hast du das Geheimnis schon mal erzählt?«

»Einmal. Meiner Lehrerin.«

»Und was hat die gesagt?«

»Sie hat gesagt, daß ich doof bin.«

Wir kicherten in vergnügtem Einverständnis. Wir gingen den gleichen Weg, lebten in der gleichen Welt, welche die anderen für unsinnig oder gar verrückt hielten. Wir waren beide auf der Suche nach dem Neuen, wir wollten Geheimnisse enträtseln.

Wir hatten beide gelernt, daß fünf gleich fünf ist und nichts sonst. Und schon wenn man eine geschriebene Fünf im Spiegel sah, war es keine Fünf mehr, sondern die Spiegelzahl ähnelte eher einer Zwei. Und aus dieser einfachen Sache ergaben sich die kuriosesten Rechenspielereien. Das faszinierte uns, obwohl keinerlei Nutzen darin zu sehen war. Fünf bedeutete fünf, weil das schon immer so gewesen war. Eine abgemachte Sache, an die sich jeder hielt. Aber diese Fünf war doch nicht fünf an sich. Beschloß man etwas ganz anderes und hielt sich auch daran, so bedeutete diese Fünf etwas anderes. Der Sinn wurde verändert durch einen bloßen Willensakt. Wir probierten es aus, es war das Abenteuer. Wir hatten erkannt, daß Mathematik nicht nur dafür da war, daß man mit einiger Kenntnis Rechenaufgaben lösen konnte. Mathematik war mehr, sie war die Pforte zu einer geheimnisvollen Gedankenwelt. Hier gab es Regeln, die man selber aufgestellt hatte, und darum übernahm man auch die volle Verantwortung für die Ergebnisse. Es war jenseits des gesunden Menschenverstands.

Ich wackelte bedeutsam mit dem Zeigefinger und sagte: »Fünf plus zwei ist zehn.«

»Manchmal bloß zwei«, antwortete Anna.

»Oder ist fünf und zwei vielleicht sogar sieben?«

Wen ging das was an? Es gab Squillionen anderer Welten, die wir noch nicht kannten.

Ich sagte: »Fratz, steh auf, ich muß dir was zeigen.«

Ich langte mir den zweiteiligen Spiegel von Mutters Frisiertisch, und wir schlichen damit leise in die Küche. Es war noch kalt und dunkel. Wir fanden ein einigermaßen großes Stück weißen Karton, und ich malte einen waagerechten schwarzen Strich darauf. Ich stellte die beiden Spiegelteile aufrecht auf den Tisch – und zwar so im Winkel wie ein halbaufgeschlagenes Buch. Zwischen die beiden Spiegelteile klemmte ich die Pappe mit dem Strich darauf, rückte die Winkel zurecht.

»Jetzt guck mal«, sagte ich und hielt den Atem an.

Sie schaute und sagte nichts. Ich hörte Annas Atem, ihre Erregung, während sie in die Spiegel starrte. Ich erinnerte mich gut, wie mir zumute war, als ich das Spiegelwunder entdeckte. Anna flog mir um den Hals. Ihre Arme waren Schraubstöcke, sie lachte und biß mir fast die Nase ab. Wir waren beide eine Squillion von Kilometern jenseits der Realität. Es war der Anfang des Wunders, wir waren auf Entdeckungsreise. Die Wunder würden nie aufhören. Es gab immer wieder neue, das wußten wir beide.

## 17

## *Nobby, das Pfärd*

Bei einer Tasse Tee machten wir Pläne. Sobald die Geschäfte öffneten, würden wir losgehen und bei Woolworth einen ganzen Stapel Spiegel kaufen.

Als wir auf dem Marktplatz standen, waren die Läden noch immer geschlossen. Ein paar Leute dekorierten ihre Schaufenster mit frischen Waren. Andere eilten zu ihren Arbeitsplätzen, grüßten und riefen einander Neuigkeiten zu. Füße trampelten auf dem Pflaster, als wollten sie die Kälte zertreten, die von dort aufstieg. Aus der Kaffeebude kam eine Wolke von Kaffeeduft, die sich mit dem Geruch heißer Cervelatwürste vermischte.

»Schmeiß mal 'ne Tasse und zwei Schmalzstullen rüber, und tu noch 'n Stück Käsekuchen mit bei«, sagte der Taxifahrer.

Und für mich auch 'ne Tasse und zwei Kümmelstangen«, sagte sein Kollege.

»Und was kriegst du, du Frühaufsteher?« Ich war an der Reihe.

»Zwei Tassen Kaffee und vier Cervelats.«

Ich warf das Geld auf die Theke und bekam ein paar Münzen zurück, die patschnaß waren von Bier- und Cocapfützen. Anna hielt ihre Tasse mit beiden Händen fest und versenkte ihre Nase tief hinein. Über den

Rand blitzten zwei hellwache Augen und nahmen alles auf, was um sie herum geschah. Sie konnte Kaffee und Würste nicht gleichzeitig bewältigen, so hielt ich die dampfenden Würstchen zwischen den Fingern wie zwei dicke Zigarren, bereit zum Abbeißen. Es gab noch einen trockenen Platz auf der Theke, wo ich meine Tasse absetzen konnte, um einhändig eine Zigarette hervorzukramen. Ich versuchte, das Streichholz mit meinem rechten Daumen in Brand zu setzen. Es war nicht zu machen. Nie würde ich den Trick herauskriegen, wie meine Freunde das schafften. Am nächsten kam ich dem Rätsel damals, als dabei der Streichholzkopf abbrach, unter meinem Daumennagel steckenblieb und sich dort entzündete. Es tat gemein weh. Anna hob den Fuß, und ich strich das Hölzchen an ihrer Schuhsohle an.

»Vorsicht! Achtung! Vorsicht!« – wie die Bugwelle eines mittleren Dampfers wurden die Leute auf den Gehsteig gespült und rollten dann zurück. Ein Pferd zog einen Karren durch die Menschenmenge. Das Pferd dampfte in der Morgenkälte.

»Ernie, Ernie!« schrie eine Frau mit einer Lederschürze. »Wo zum Teufel hast du die Kiste mit den Kohlköpfen hingetan?« Für alle anderen, die zuhörten, fügte sie hinzu: »Der Bengel ist ein Sargnagel. Er bringt mich noch ins Grab.«

»Das wäre 'ne echte Chance«, meinte jemand.

Ein *Sandwich-man* erschien und verkündete lauthals: »Das Ende ist nah!« Dann verlangte er heißen Tee.

»Der Verkündigungsengel persönlich«, lachte jemand.

»Hier, Joe, trink was Heißes mit mir.« Es war der Taxifahrer.

»Danke, Genosse«, grunzte der Engel.

»Na, Joe. Was bringst du denn heute Gutes?«

»Das Ende ist nah«, stöhnte der.

»Du versetzt mich in Angst und Schrecken«, lachte sein Nachbar.

»Und was hast du uns vorige Woche erzählt?«

»Macht euch bereit, keiner entgeht seinem Schicksal.«

»Woher kriegst denn du all diese Neuigkeiten?«

»Der heilige Petrus schickt ihm jeden Tag ein Telegramm.«

Vom Ende der Theke brüllte jemand mit Donnerstimme: »Wer von euch Scheißkerls hat meine Kümmelstengel geklaut?«

»Rutsch mal deinen dreckigen Ellbogen weg, dann siehst du sie!«

»Harry, nimm dich zusammen, hier is was Kleines.«

Harry drehte sich von der Theke weg. In der einen Hand hielt er seine wiedergefundenen Stengel, in der anderen einen Literbecher mit Milchkaffee. Er nahm sich in seiner Hand wie ein Eierbecher aus.

»Hallo, Kleines. Wie heißt du denn?« fragte Harry.

»Anna. Und du?«

»Harry. Allein da?«

»Nee, mit dem da.« Sie nickte in meine Richtung.

»Und was machste so früh in der Gegend?«

»Wir warten, daß Woolworth aufmacht«, erklärte Anna.

»Was brauchste denn so eilig von Wuhlie?«

»Paar Spiegel.«

»Das ist nett.«

»Ich brauch zehn Stück.«

»Nanu, wozu brauchste denn zehn Spiegel?«

»Da kann man andere Welten drin sehen, ganz verschiedene«, sagte Anna.

»Oh«, sagte Harry, so schlau wie vorher, »du bist ja 'ne ganz dolle Nummer.«

Anna strahlte.

»Willste vielleicht 'n Schokoriegel?« fragte Harry.

Anna sah mich an, und ich nickte.

»Ha, bitte, Herr . . .«

»Harry, bloß Harry, nicht Herr«, korrigierte Harry und wackelte mit den kiloschweren Fingern.

»Ja, bitte, Harry.«

»Ahrtuhr!« brüllte Harry über die Schulter zurück. »Schmeiß mal 'n paar Schokoriegel rüber.«

Artur schmiß, und Harry fing sie auf.

»Da, Anna, haste bißchen Schoko!«

»Danke«, sagte Anna.

»Danke, was?« In Harrys Stimme lag ein riesiges Fragezeichen.

»Danke, Harry.« Sie wickelte einen Riegel aus und bot an: »Nimm dir auch was, Harry.«

Harrys Arme hatten die Größe mittlerer Baumstämme. Er schob einen vor. Vorn dran hing eine Art Bananenbüschel. So groß jedenfalls waren seine Hände. Mit diesen Bananenfingern brach er sich ein angemessenes Stück von der Schokolade ab.

»Magste Pfärde, Anna?« fragte er.

Anna teilte mit, sie liebe Pferde geradezu.

»Dann komm mit und besuch meinen Nobby.«

Wir gingen um die Ecke in eine kleine Seitenstraße, und da war Nobby, ein Riesenpferd, ein Tier, wie es nur zu Giganten von Harrys Ausmaßen paßte. Nobby trug messingglitzerndes Zaumzeug, und sein Fell leuchtete mit dem Messing um die Wette. Er fraß eben aus etwas, das mir wie ein zentnerschwerer Kohlensack vorkam, den Harry seinem Gaul um den Hals gebunden hatte. Als Harry näherkam, schnarchte Nobby in den Sack hinein, und wir alle wurden übersprüht mit Haferkörnern und weicher Spreu. Harry öffnete den Mund und lachte schallend.

Vor fünf Minuten wollte er noch jedem den Schädel einschlagen, der sich an seinen Kümmelstangen vergriffen hatte. Und ich bin sicher, Harry nahm es leicht mit vier oder gar sechs ausgewachsenen Männern gleichzeitig auf. Jetzt aber schmolz er dahin wie ein Märchenriese für ein kleines Mädchen und ein »Pfärd«. Er gab Anna eine Handvoll Zuckerwürfel für Nobby.

»Er tut dir nix, Anna. Der tut keiner Fliege was, bestimmt.«

Nobby kräuselte seine Lippen und zeigte ein Gebiß, dessen Zähne wie eine Reihe nebeneinanderstehender Grabsteine aussahen. Dann schnupperte Nobby interessiert an Annas Hand, die Zukkerstücke verschwanden eines nach dem anderen. Harry plauderte Unverständliches mit seinem zukkerschleckenden »Pfärd« und sagte dann: »Anna, du könntest auf Nobby sitzen und mit ihm reden, während ich mal ablade. Wenn ich fertig bin, fahr ich euch beide zu Wuhlie.«

Anna nickte, und Harrys bananenartige Riesenhände griffen zu. Mit einem Schwung landete die Prinzessin auf ihrem Roß. Harry lud ab. Kisten und Säcke machten den Eindruck, als seien sie höchstens mit Daunen gefüllt. Dann nahm er Anna und setzte sie behutsam auf den Karren und sich selber neben sie. Mich wies er nach hinten. Anna durfte die Zügel halten, und mit einem erheblichen Aufwand an »hü« und »hott« ging es los. Ich glaube, Nobby brauchte gar keine Anweisungen. Er kannte seinen Weg im Schlaf. Quer über den Marktplatz konnten wir nicht, da der Wagen ähnliche Ausmaße hatte wie Nobby und Harry. Es war eine Art Kriegsschiff auf Rädern. Wir hielten an der Ecke.

»Wuhlwohrt«, schrie Harry und sprang mit Wucht vom Bock.

»Anna, hier ist Wuhlwohrt«, erklärte er noch einmal.

»Vielen Dank, Harry«, sagte sie.

»Vielen Dank, Anna«, grinste er. »Hoffentlich seh ich dich mal wieder.« Dann rollte er mit Pferd und Wagen davon. Wir haben Harry und Nobby später noch oft getroffen.

18

# *Das Buch ohne Seiten*

Die Verkäuferin bei »Wuhlwohrt« mußte sich zuerst durch mehrfache Nachfrage überzeugen, daß wir wirklich zehn Spiegel wollten.

»Sie sind ja ganz schön eitel«, sagte sie schließlich.

Wir rasten mit unserer Beute nach Hause und räumten den Küchentisch leer. Wir leimten mit Stoffresten zwei Spiegel an einer Seite aneinander, daß sie aussahen wie zwei Buchdeckel. Anna brachte die Pappe mit dem schwarzen Strich. Dort stand unser Spiegelbuch aufgeschlagen; die Pappe taten wir so vor das Buch, daß das Scharnier der beiden Spiegel die Spitze eines Dreiecks bildete, die beiden auseinanderklaffenden Seiten kreuzten die schwarze Linie auf der Pappe. Die gemalte Linie und die beiden in den Spiegeln reflektierten Linien bildeten ein gleichschenkliges Dreieck. Anna spähte hinein. Ich begann, das Spiegelbuch langsam zu schließen, der Winkel verkleinerte sich, die schwarzen Linien bildeten plötzlich ein Quadrat. Anna starrte.

»Noch ein bißchen«, kommandierte sie.

Ich verkleinerte den Winkel noch ein wenig. Sie zählte: »Eins, zwei, drei, vier, fünf, das Ding hat jetzt fünf Seiten.«

Nach einer Weile fragte sie: »Wie heißt sowas?«

»Ein Pentagon.«

Wir verkleinerten den Winkel noch mehr. Und ich erklärte die Formen. Da gab es das Hexagon, das Oktogon. Nach dem Dekagon gingen mir die Namen aus. So zählten wir nur noch die Seiten und nannten die Formen ein »Siebzehnagon« oder ein »Vierzigagon«. Anna fand, das sei ein sehr merkwürdiges und herrliches Buch. Je mehr man es zumachte, desto interessanter wurde es. Und was noch komischer war: Dieses Wunderbuch bestand nur aus zwei Spiegeln. Jede Form hatte eine Seite mehr. Also mußte es doch auch welche mit Millionen, nein mit Squillionen Seiten geben. Wer hatte je von einem Buch gehört, in dem man eine Squillion Bilder ansehen konnte, und doch besaß das Buch keine einzige Seite.

Je weiter wir aber das Buch schlossen, desto sichtbarer rannten wir in eine Falle. Das Spiegelbuch stand nur noch einen Zentimeter offen, und wir konnten nichts mehr sehen. Was passierte jetzt da drinnen? Wir fingen noch einmal von vorn an. Aber beim »Ixigagon« konnten wir wieder nicht weiter. Was nun?

Anna sagte: »Wenn es ein Squillionagon ist, dann ist es vielleicht ein Kreis.«

Aber wie konnte man das sehen? Schließlich kratzten wir in die Rückseite des Spiegels ein Loch und machten einen »Spion«. Tatsächlich. Das »Squillionagon« war wirklich ein Kreis. Beziehungsweise, es wurde schwierig zu behaupten, daß das kein Kreis sei und auch nie einer werden würde.

Die nächste Falle war das Licht. Je mehr man das Buch schloß, desto dunkler wurde es darin. Anna wollte unbedingt wissen, wie es in dem Buch aussah, wenn es ganz geschlossen war. Ein verzwicktes Problem. Wie erleuchtet man ein fest zugeklapptes Zauberspiegelbuch?

Wir verwarfen Streichhölzer oder Kerzen als zu gefährlich oder unbrauchbar. Bald verfielen wir auf die winzige Birne einer Taschenlampe, die wir durch dünne Drähte mit einer Batterie verbanden. Sie war natürlich immer noch zu groß, und man konnte das Buch noch immer nicht zumachen. Aber immerhin, es war ein Schritt weiter. So stellten wir die Spiegel eng, aber parallel nebeneinander, so daß die Birne gerade dazwischenpaßte. Das würde gehen. Wir hängten ein Tuch darüber, damit kein anderes Licht einfallen konnte. Anna schaute durch den Spion.

»Da sind jetzt Millionen und Millionen von Lichtern«, flüsterte sie. Und mit noch größerer Verwunderung: »Fynn, und kein Squillionagon. Da sind nur zwei gerade Linien.«

Vor zehn Jahren hatte mich das Wunder ebenso beeindruckt. Darum war ich gefaßt auf Annas Reaktion. Ich langte über sie hinweg und drückte die parallelen Spiegelseiten auf einer Seite ein wenig zusammen. Sie lehnte sich zurück und sah mich an. »Ein Kreis, ein ganz großer Kreis, der größte Kreis von der Welt. Wie hast du das gemacht?«

Ihre Augen staunten. Ich drückte die beiden anderen Enden zusammen. Und der größte Kreis der Welt schnurrte wieder zu einer Linie zusammen, und dann bogen sich die Linien nach der anderen Seite und rannten voreinander davon.

Anna betrachtete fortan ihr Spiegelwunderbuch sicherlich hundertmal am Tag. Unzählige verschiedene Dinge wurden zwischen die beiden Hälften gesteckt. Es ergaben sich Formen und Muster, die einfach jedermann verblüffen mußten.

Eines Nachmittags passierte wieder etwas Neues. Anna schrieb große Buchstaben auf Papierstücke und stellte sie vor das aufgeschlagene Buch.

»Komisch«, murmelte sie. Sie schaute in den linken Spiegel, dann in den rechten und wieder in den linken.

»Komisch, zuerst ist das verkehrtrum, und dann in dem andern Spiegel ist es wieder richtigrum. Komisch.«

Einige der Buchstaben waren manchmal falsch und manchmal richtig. Aber einige blieben immer richtig. Anna sortierte die Falschrum-Buchstaben heraus. Es blieben: A H I M O T U W X.

Ich rutschte neben sie in einen Sessel und durchblätterte ihre Zettel, bis ich das A gefunden hatte. Ich teilte das A vom Winkel her mit einem Spiegel. Anna schaute, nahm mir den Spiegel weg und probierte es selbst. Sie probierte alle Buchstaben durch. Es beschäftigte sie eine Stunde lang. Dann hatte sie herausgefunden, was da los war.

»Fynn, wenn die Hälfte im Spiegel ganz genau ist wie die Hälfte auf dem Papier, dann sind es immer die Richtigrum-Buchstaben. Die bleiben ganz gleich. Und das O ist am lustigsten. Das kann man kreuz und quer durchschneiden. Es bleibt immer ein o.

Anna hatte das Gesetz der Symmetrie erkannt. Manche Dinge verwandelten sich von innen nach außen, manche von links nach rechts, und manche blieben, wie sie waren.

Wir bastelten Spiegelbücher im Kleinformat, und Millie und ihre Freundin Kate schenkten uns ihre Taschenspiegel dafür. Diese kleinen Bücher nahmen wir überallhin mit.

Wir knieten auf der Straße, wenn es dort ungewöhnliche Muster auf dem Pflaster gab. Käfer wurden vervierfacht, versechzehnfacht, versquillionenfacht; Blätter, Samen, Straßenbahnfahrscheine. Man konnte eine ganze Lebenszeit damit zubringen. Farbige Glühbirnen leuchteten, und wir sahen durch den Spion. Für ein paar Groschen gehörte uns die tausendfache Lichterwelt vom Piccadilly Circus. Es war geheimnisvoll, aber nicht nur das, es war sogar nützlich, denn so konnten wir zwei Seiten, die ein Ding hatte, gleichzeitig sehen. Anna wollte schließlich wissen, ob man ein Ding rundrum von allen Seiten sehen konnte. Und so bauten wir den Spiegelwürfel. Die zu betrachtenden Dinge hängten wir an einem Faden in den Würfel hinein. Und da war wieder das Erstaunliche: Wir sahen das Ding von allen Seiten gleichzeitig.

Ich habe nie gezählt, wie viele Spiegel wir gekauft, gebraucht und zerschmissen haben. Wir fanden die verrücktesten geometrischen Aufgaben, die nur so lange vernünftig waren, als wir uns in unserer Spiegelwelt bewegten. Wir schrieben und rechneten auf

Papier, und vor uns stand ein Spiegel. Wir schauten nicht auf das Papier, wir schrieben und rechneten im Spiegel. Es war spannend, es verlangte Konzentration, aber wir schafften es: Spiegelschrift perfekt. Wunderbar.

Mister Gott hatte den Menschen geschaffen nach seinem Bilde. War das eigentlich möglich? Stimmte das?

»Fynn, vielleicht hatte er einen riesengroßen Spiegel?«

»Wozu?«

»Ich weiß nicht, aber er könnte doch einen gemacht haben, nicht?«

»Sicher.«

»Vielleicht sind wir die auf der anderen Seite?«

»Wer und wo?«

»Vielleicht sind wir die, die falschrum sind?«

»Fratz, eine verrückte Idee.«

»Deshalb machen wir vielleicht alles verkehrt?«

»Ja, ja, deshalb machen wir alles verkehrt.« Soviel Verständnis konnte Anna bei mir nicht erwarten.

»Aber das ist doch klar. Jeder Idiot kann sich das ausdenken. Mister Gott macht uns nach seinem Bild. Und solche Bilder gibt's nur im Spiegel. Und im Spiegel ist alles falschrum. Rechts und links ist links und rechts. Und darum ist Mister Gott vielleicht auf der einen Seite und wir auf der anderen. Er guckt hinein oder auch in ein Spiegelbuch, und da drin sieht er sich selber, und dann sieht er sich zweimal, dreimal, millionenmal und dann squillionenmal. Und die Squillionen Mister Gotts, das sind vielleicht wir, aber alle falschrum. Er kann uns sehen, aber wir ihn nicht. Wenn du in den Spiegel guckst, Fynn, dann siehst du dich. Aber dein Gesicht im Spiegel kann dich nicht sehen. Es kann doch aus dem Spiegel nicht rausgucken ... oder? Aber vielleicht will es das gern? Es kann nicht raus, und darum kann es auch nicht so werden wie Mister Gott. Höchstens so ähnlich. Verstehst du, was ich meine?«

Das Wunderlichste war vielleicht, daß Mister Gott uns immerhin so viel Verstand gegeben hatte, daß wir denken konnten, zumindest ein wenig. Anna vermutete gar, Mister Gott war eben dabei, ein Buch zu schreiben über seine Schöpfung. Er hatte sich einen Roman ausgedacht mit einer spannenden Story. Aber helfen konnten wir ihm dabei nicht. Wir waren die Figuren in seiner Geschichte. Aber vielleicht ließ er uns manchmal so weit an sich heran, daß wir die Seiten für ihn umblättern durften. Anna war bestimmt angestellt. Sie durfte schon heute Seiten umwenden.

19

# *Größenverhältnisse*

Eines Tages hielt mich Annas Religionslehrerin auf der Straße an. Sie bat mich, nein, sie befahl mir, Anna dahin zu bringen, daß sie sich in der Klasse besser benehme. Was hatte sie angestellt? Sie hatte den Unterricht gestört, mit Fragen unterbrochen, sie hatte Widerworte gegeben und drittens und schlimmstens hatte sie »schmutzige Wörter« gebraucht. Ich muß zugeben, daß Anna über ein erstaunliches Vokabular in dieser Richtung verfügte und es gelegentlich rüde benützte. Ich versuchte, der armen Lehrerin zu erklären, daß Anna böse Worte zwar in den Mund nahm, aber niemals selber böse sein wollte. Das sei doch ein großer Unterschied. Dieser Pfeil verfehlte sein Ziel vollkommen.

Ich konnte mir Annas Stören im Unterricht lebhaft vorstellen. Aber die Dame war nicht bereit, mir weitere Details zu erzählen. So wandte ich mich abends an die Täterin selbst.

»Ich hab deine Religionslehrerin getroffen. Du mußt dich besser benehmen bei ihr.«

»Ich geh nicht mehr in ihren Unterricht. Überhaupt nie mehr.«

»Warum nicht?«

»Sie ist Lehrerin, aber über Mister Gott lernste bei ihr gar nix.«

»Vielleicht hörst du nicht zu?«

»Ich hör ganz doll zu, und sie redet gar nix.«

»Du meinst, du lernst nichts bei ihr?«

»Bloß ganz selten.«

»Na immerhin. Also was lernst du dann?«

»Daß sie schreckliche Angst hat.«

»Wie kommst du darauf? Wovor hat sie Angst?«

»Wenn sie uns Sachen beibringt, dann läßt sie Mister Gott niemals größer werden. Davor hat sie mächtig Angst.«

»Das ist doch Unsinn.«

»Ist Mister Gott groß?«

»Ja, ja, ja, gut und sehr groß.«

»Und sind wir klein?«

»Klar, wir sind klein.«

»Und das ist dann ein ganz großer Unterschied?«

»Sicher gibt's einen Unterschied zwischen groß und klein.«

»Und wenn's gar keinen Unterschied gäb, wär das Ganze doch überhaupt nichts wert . . . oder?«

Das verwirrte mich. Ich denke, ich hab ein besonders blödes Gesicht gemacht, denn Anna erklärte sofort weiter: »Wenn Mister Gott und ich ganz genau gleich groß wären, dann würd dir doch gar nichts auffallen . . . oder?«

»Ja«, sagte ich, »ungefähr verstehe ich, was du meinst. Wenn der Unterschied riesengroß ist, dann sieht man am besten, wie groß Mister Gott ist.«

»Manchmal«, sagte sie vorsichtig.

Ganz so einfach schien die Sache nicht zu sein.

Aber sie brachte endlich die Erkenntnis: In dem Moment, da der Unterschied zwischen Gott und Mensch unendlich war, in dem Moment wäre Gott absolut.

»Na, und was hat das alles mit deiner Religionslehrerin zu tun? Die weiß doch Bescheid über solche Unterschiede?«

»Oh, ja, sicher.« Anna nickte eifrig.

»Na also, wo liegt dann das Problem?«

»Wenn ich mir so einen Unterschied ausdenke zwischen Mister Gott und mir, dann wird Mister Gott bei mir immer größer und größer.«

»So?«

»Ja, aber die Lehrerin denkt sich auch solche Sachen aus, aber bei ihr wird Mister Gott nie größer. Er bleibt immer genau gleich. Da ist gar nichts zu lernen.«

»Woran liegt das?«

»Sie hat Angst, das ist es eben.«

Beinahe hätte ich Annas weitere Erklärung gar nicht mehr gehört. Es war einer dieser Nebenbeisätze, die so häufig verlorengehen. Sie sagte: »Die Lehrerin macht nur die Menschen kleiner und sonst nichts.« Dann fragte sie: »Warum gehen wir zur Kirche, Fynn?«

»Damit wir Mister Gott besser verstehen.«

»Weniger.«

»Weniger was?«

»Damit wir Mister Gott weniger verstehen.«

»Heute bist du doch verrückt, Fratz. Hör auf jetzt.«

»Kein bißchen verrückt.«

»Doch.«

»Nein. Du gehst zur Kirche und machst Mister Gott dort ganz ganz groß. Wenn du ihn aber ganz ganz *ganz* groß hast, dann verstehst du ihn ganz *ganz* nicht ... und dann erst weißt du alles.«

Sie war erstaunt und enttäuscht, daß mir das zu hoch war und ich überhaupt nichts begriffen hatte. Trotzdem gab sie die Hoffnung nicht auf und erklärte weiter:

»Wenn du ein Kind bist, dann verstehst du alles. Mister Gott sitzt auf einem goldenen Thron; er hat einen langen weißen Bart und einen Schnurrbart, und eine Krone hat er auf dem Kopf. Und alle um ihn rum singen die ganze Zeit wie die Verrückten. Immerzu Hymnen und so Zeug. Kein Mensch kann das aushalten.

Und Mister Gott macht einfach alles, wenn man bloß nett genug darum bittet. Er kann Willy nebenan eine Warze auf die Nase machen zur Strafe, weil er Millie verhaut, wenn sie nicht genug Geld abliefert. All so was macht er ganz fabelhaft, und darum ist er so wichtig, und man benützt ihn die ganze Zeit. Und 'n bißchen später, dann denkt man ganz was anderes, und Mister Gott ist immer schwieriger zu verstehen. Aber es geht noch gerade. Dann kommt einem plötzlich vor, als wenn er uns nicht mehr verstehen will. Jetzt hört er einfach nicht mehr zu. Er sieht es plötzlich nicht ein, daß man unbedingt ein neues Fahrrad braucht. Und dann kriegt man auch keins. Und dann versteht man ihn schon viel weniger. Und wenn man noch älter wird, so wie ich oder so wie du, Fynn, dann ist es schon wieder schwieriger. Und dabei wird er irgendwie kleiner. Und man versteht ihn nur noch so viel wie viele andere Sachen, die auch schwierig sind. Die ganze Zeit in deinem Leben bröckeln da Stücke von ihm ab. Und dann kommt der Punkt, da sagst du, du verstehst ihn überhaupt nicht mehr. Siehst du, und dann ist er wieder ganz ganz *ganz* groß. So groß wie er in Wirklichkeit ist. Und wumm, da lacht er dich aus, weil du so blöd warst.«

## 20

# *Teuflisches Rechnen*

Anna interessierte sich für alles, und überall steckte sie ihre kleine sommersprossige Nase hinein. Ich kann mich nicht erinnern, daß sie je Angst gehabt hätte. Manchmal geriet sie gar in Situationen, die zu beschreiben ihr die Worte fehlten. Dann erfand sie welche, manchmal völlig neue. Manchmal benützte sie bekannte Worte und gab ihnen einen neuen Sinn. So wie an jenem Abend, als sie mir erzählte, daß das Licht »ausfranst«. Wir gingen hinaus auf die dunkle Straße, bewaffnet mit Taschenlampe und Metermaß. Anna plazierte die Lampe auf einen Mülleimer und richtete den Strahl auf das Stück Mauer am Bahndamm. Das Glas der Taschenlampe maß etwa sechs Zentimeter im Durchmesser. Und als wir den Strahl an der Mauer nachmaßen, ergaben sich etwa siebzig Zentimeter. Wir trugen den Mülleimer weiter weg, und der Lichtfächer wurde breiter, diffuser. Er bekam tatsächlich »Fransen«.

»Warum ist das so, Fynn? Kannst du es so machen, daß das Licht das nicht tut?«

Wir gingen ins Haus, und ich begann zu erklären. Wir redeten über Reflektoren, über Linsen. Anna hörte großäugig zu und sah sich an, was ich ihr aufzeichnete. Sie paßte genau auf. Bis jetzt hatte ja das Spiegelbuch sie auf sonderbare Art gelehrt, Tatsachen herauszufinden. Daß einige dieser »Erkenntnisse« nicht wirkliche Erkenntnisse, sondern Phantasiegespinste waren, machte dabei nichts. Seit heute, seit dem »ausgefransten« Licht, wußte Anna genau, was eine Tatsache war und was nicht. Eine Tatsache war die harte äußere Schale einer Bedeutung. Tatsache und Bedeutung waren ineinandergreifende Zahnräder, die sich in entgegengesetzter Richtung drehten. Setzte man aber noch ein Rädchen namens Phantasie dazwischen, siehe da, Tatsache und Sinn drehten sich in der gleichen Richtung. Phantasie war ein wichtiges Bindeglied, und sie führte einen der Himmel weiß wohin.

Annas Gesetz hieß: zuerst alles von innen nach außen, dann kopfüber-kopfunter, dann von hinten nach vorn, von rechts nach links. Und zum Schluß besah man sich das Ergebnis, und siehe da, es war . . .

»Fynn, weißt du, daß ein ›Neger‹ von hinten nach vorn gelesen ein ›Regen‹ wird? Und ein ›Schiff‹ wird ein ›Fisch‹, na, nicht ganz genau, aber ungefähr, nicht? Und, Fynn, Anna bleibt von vorn nach hinten und von hinten nach vorn immer dieselbe A-n-n-a, und ein Bub bleibt ein Bub, und tot bleibt tot. Ist das nicht komisch?«

Worte wurden lebendig. Anna nahm sie auseinander, setzte sie andersherum wieder zusammen. Ein Blumentopf war etwas anderes als eine Topfblume. Wie kam das nur?

Anna lernte, mit Worten umzugehen und sie neu

zu gebrauchen. Sie malte – vielleicht waren es keine wunderbaren Bilder, aber sie malte mit großem Ernst und mit einer farbigen Brille auf der Nase. Sie lachte sich schief über das Ergebnis, als das Bild fertig war und sie die Brille abnahm.

»Fynn, kannst du meine rote Brille jetzt blau machen?« Und sie malte ein weiteres Ulkbild. Keines ihrer Gemälde zierte je eine Wand. Dazu wurden sie auch nicht gemacht. Sie bedeuteten nur Entdeckungsfahrten in die Welt der Farben. Und war es nicht vorschnell zu behaupten, eine rote Rose könne selber nichts sehen? Wer wagte denn, das zu behaupten? Vielleicht sah sie mit den Blütenblättern, oder aber sie schielte durch die Dornen? Das war jedenfalls durchaus vorstellbar. Und wie sah die Welt aus, wenn man sie als eine Rose betrachtete?

Eines meiner Hobbys waren »Rechenaufgaben«. Und ich war gespannt, wie Anna mit Mathematik zurechtkäme. Es war Liebe auf den ersten Blick. Zahlen wurden einfach wunderbar, wenn man ihnen logisch begegnete. Manchmal waren sie kompliziert. Hatte man aber die Grundregeln begriffen, waren sie keine Rätsel mehr.

Irgendwann erfuhr diese Liebe einen empfindlichen Knacks, und ich wußte für lange Zeit nicht, warum. Bis mich Charles aufklärte. Charles war Lehrer an der gleichen Schule wie Miss Haynes, und bei Miss Haynes hatte Anna Rechenunterricht. Ich entdeckte erst später, daß Anna die Schule nur zögernd und nicht allzu häufig besuchte. Während einer ihrer Unterrichtsstunden hatte Miss Haynes sich voll auf Anna konzentriert. Miss Haynes fragte:

»Anna, wenn du zwölf Blumen in einer Reihe pflanzt, und du pflanzt im ganzen zwölf Reihen, wie viele Blumen stehen dann auf dem Beet?«

Arme Miss Haynes! Hätte sie doch nur gefragt, wieviel ist zwölf mal zwölf. Nein, sie mußte ihre Fragen mit Blümchen und Gartenbeeten garnieren. Sie bekam eine Antwort, aber es war nicht die erwartete.

Anna zog die Nase hoch. Diese spezielle Art des Nasenrümpfens war das Zeichen größter Mißbilligung.

»Wenn«, antwortete Anna, »wenn Sie die Blumen so in graden Reihen pflanzen, dann sollen Sie überhaupt keine blöden Blumen haben.«

Miss Haynes war aus ernstem Holz geschnitzt. Der Angriff ließ sie ungerührt. Sie versuchte es noch einmal:

»Du hast sieben Bonbons in der einen Hand und neun in der anderen. Wie viele Bonbons besitzt du im ganzen?«

»Gar keine«, sagte Anna. »Ich hab gar keine Bonbons in der Hand. Keine in der rechten und keine in der linken Hand. Und darum sollen Sie nicht sagen, ich hab Bonbons, wenn ich keine hab. Das ist eine Lüge, und lügen darf man nicht.«

Arme Miss Haynes. Sie gab nicht auf.

»Anna, Kind, ich meine doch bloß, du sollst dir das vorstellen. Nur einbilden, du hättest so viele Bonbons. Das kannst du doch?«

Anna bildete sich die Bonbons ein und fand sogleich die triumphierende Antwort: »Vierzehn!«

»Aber nein, Anna«, sagte Miss Haynes geduldig, »du hast noch mehr. Du hast sechzehn. Sieh mal, sieben Bonbons und neun Bonbons sind sechzehn.«

»Das weiß ich doch«, sagte Anna, »aber Sie haben gesagt, ich muß mir das vorstellen, und da hab ich mir vorgestellt, eins eß ich gleich, und eins schenk ich meiner Freundin. Dann bleiben vierzehn.«

Der nächste Satz sollte besänftigend wirken. Sie sagte:

»Aber das Bonbon war nicht gut, ich hab's gleich ausgespuckt.« Und es klang wie eine Selbstbestrafung.

Diese Art, mit Zahlen umzugehen, brachte Anna mehr durcheinander als irgend etwas sonst. Der letzte Schlag kam an einem Sommerabend auf der Straße. Dinky saß auf der Treppe vor der Haustür und machte Schulaufgaben. Dabei schwatzte er mit einem Freund. Dinky war vierzehn. Er konnte aus den unmöglichsten Winkeln Tore schießen und einen sechs Kilo schweren Pflasterstein über die Mauer werfen, die die Bahnschienen begrenzte; aber Mathematik war für ihn ein Buch mit sieben Siegeln.

»Blöder Trottel«, sagte Dinky.

»Wer denn?« fragte der andere.

»Dieser Idiot nimmt ein Bad.«

»Is Freitag, nich?«

»Was hat'n das mit Freitag zu tun?«

»Badetag.«

»Quatsch.«

»Na schön, was macht dann der Idiot in der Wanne, wenn es nich Freitag is?«

»Der Blödmann dreht beide Hähne auf und macht unten den Stöpsel nicht zu.«

»Manche kapiern's nie und leben trotzdem.«

»Wir haben überhaupt keine Wasserhähne. Bei uns kommt die Wanne samstags in die Küche, und ich muß sie vollmachen . . . mit dem Eimer.«

»Und was willst du dann mit dem Idiot und seinen zwei Hähnen?«

»Ausrechnen, wie lange das dauert, bis die Wanne voll ist.«

»Der kriegt die nie voll. So nicht, wenn unten nicht zu ist.«

»Wirklich nie?«

»Da kann der sich die Beine in den Bauch stehen, und sie wird nicht voll.«

»So ein Angeber.«

»Dann lass'n doch alleine baden. Komm Fußball spielen. Ich bin Torwart.«

Anna hatte zugehört, und der Dialog bestätigte ihre schlimmsten Ängste. Derartigen Unsinn hatte der Teufel erfunden, und eine Welt von Dummköpfen mußte sich damit plagen.

Es war gerade Feierabend. Cliff, George und ich kamen über den Hof und gingen zum Fabriktor. Da stand Anna und wartete. Bis hierher kam sie sonst nie. Ich erschrak und rannte auf sie zu. Auch sie lief mir entgegen.

»Ist was passiert, Fratz?«

Sie warf ihre Arme um meinen Hals und rief: »Fynn, es ist so schön. Ich konnte nicht so lange warten, bis du zu Hause bist.«

Sie fischte in ihrer Tasche herum und förderte einen zerknitterten Zettel zutage. Er war mit Zahlen bedeckt.

| | | | | | | |
|---|---|---|---|---|---|---|
| 1 | 2 | 3 | 4 | 5 | 6 | 7 |
| 8 | 9 | 10 | 11 | 12 | 13 | 14 |
| 15 | 16 | 17 | 18 | 19 | 20 | 21 |
| 22 | 23 | 24 | 25 | 26 | 27 | 28 |
| 29 | 30 | 31 | 32 | 33 | 34 | 35 |
| 36 | 37 | 38 | 39 | 40 | 41 | 42 |

Ein einfaches Arrangement, sollte man meinen. Und was sollten die Quadrate? Anna sah mich erwartungsvoll an. Aber ich begriff nicht, was sie wollte, und wunderte mich.

»Ich zeig's dir, warte Fynn, schau mal«, sprudelte sie aufgeregt. Wir knieten auf dem Pflaster. Nach Hause eilende Arbeiter aus der Fabrik machten einen Bogen um uns und lächelten uns zu.

»Sieh mal, wenn du in den Quadraten quer die Zahlen zusammenrechnest, also zwei plus zehn plus achtzehn, ist das dasselbe wie von der anderen Seite her. Wie nennt man das? Diagonal? Also zwei plus zehn plus achtzehn ist dasselbe wie vier plus zehn plus sechzehn. Oder da unten vierundzwanzig plus zweiunddreißig plus vierzig ist dasselbe wie sechsundzwanzig plus zweiunddreißig plus achtunddreißig. Und du kannst so viele Quadrate machen, wie du willst, immer kommt diagonal dasselbe raus.«

Ich sah, wie eifrig sie nachgerechnet hatte, ob ihr Experiment auch hieb- und stichfest war. Eine Diagonale war das Spiegelbild der anderen. Am Abend dachten wir uns noch mehr solche Spiele aus. Je komplizierter sie wurden, desto vergnügter war Anna. Der gute alte Mister Gott war doch ein zuverlässiger Spielpartner. Seine Ergebnisse stimmten immer, außer man hatte sich selber versehentlich verrechnet. Und dann dachte man an all den Quatsch von Leuten, die ihre Badewannen füllten und von anderen Leuten wissen wollten, wie lange das dauert. So was hatte zweifellos der Teufel erfunden. Anna weigerte sich strikt, auch nur eine einzige solche Teufelsaufgabe zu lösen. Sie war nicht vom Sinn der Sache zu überzeugen. Ich versuchte, ihr zu erklären, daß andere Leute dieses Teufelszeug für einfacher hielten und das Rechnen auf diese Weise schneller begriffen. Aber es nützte nichts. Die Zahlen selber sagten einem doch, was man mit ihnen machen konnte und was nicht. War es denn ernst zu nehmen, wenn dort stand »Zwei Männer graben in zwei Stunden ein Loch« – und dann durfte man nicht die einzig vernünftige Frage stellen, wozu die wohl das Loch graben. Nein, man hatte sich vorzustellen, es kämen noch fünf weitere Männer, die das ganz genau gleiche Loch noch einmal graben. Frage: Wie lange brauchen die dazu? Und nicht: Wozu braucht man zwei Löcher?

»Der Idiot im Bad! Fynn, du willst mir nicht

einreden, du wüßtest, weshalb ein erwachsener Mensch zwei Wasserhähne laufen läßt und unten den Abfluß nicht zumacht?« Jedenfalls war in der Aufgabe davon nicht die Rede. Und Miss Haynes pflanzt Blumen in Reihen, um sie hinterher zu zählen. Was für ein Schwachsinn!

21

## *Schattenbilder*

Für die langen Winterabende besaßen wir einen Bildprojektor – für Anna war das eine Wunderlaterne, mit der man Märchen an die Wand werfen konnte. Es gab dafür auch eine ganze Menge komischer Bilder, die nicht komisch waren, und solche mit »erzieherischem Wert«, die keinen solchen Wert hatten. Es sei denn, man interessierte sich für die Anzahl von Fenstern im Kristallpalast, oder man wollte unbedingt feststellen, aus wieviel Steinblökken die große Pyramide zusammengesetzt ist. Damals wußte ich natürlich nicht, daß die Wunderlaterne noch komischer und gleichzeitig auch erzieherisch war, wenn man überhaupt keine Bilder hineintat. Sehr ulkig war zum Beispiel, wenn man eine Hand in den Lichtstrahl hielt und den Schatten auf der Leinwand betrachtete, nicht eigentlich auf der Leinwand, sondern auf einem aufgespannten Bettlaken. Es war erzieherisch insofern, als die Sache mehrere außerordentliche Einfälle hervorbrachte.

Auf Annas Bitte: »Machst du heute den Apparat an?« lautete meine Frage natürlich: »Und was willst du sehn?« Aber sie meinte nur:

»Nix. Der Zauberkasten soll nur an sein.«

Ich war bekümmert, denn sie saß einfach da und

starrte lange Zeit unbeweglich auf das beleuchtete Bettuch. Sollte ich diese merkwürdige Trance unterbrechen oder abwarten, was daraus werden würde?

Sie schaute sich eine ganze Woche lang dieses leuchtend langweilige Programm an, und ich wurde immer ungeduldiger. Schließlich sagte sie: »Fynn, halt mal eine Streichholzschachtel in das Licht.«

Auf der Leinwand erschienen die Schatten meiner Hand und der Schachtel.

Nach langer und sorgfältiger Betrachtung verlangte sie:

»Und jetzt ein Buch.«

Von einem Dutzend verschiedener Dinge besah sie sich die Schattenrisse und schwieg beharrlich. Erklärungen gab es heute nicht. So ganz nebenbei fragte ich:

»Na, Fratz, auf was brütest du denn?«

Sie wandte mir ihr Gesicht zu, aber die Augen waren weit weg.

»Das ist doch komisch«, murmelte sie vor sich hin. »Wirklich komisch.«

Ich sah sie an und machte mir Sorgen. Irgendwas stimmte nicht. Plötzlich kamen ihre Gedanken zurück, und sie begann zu kichern. Ich hatte jenes ärgerliche Gefühl, das einen nach der Lektüre eines Krimis packt, wenn man zum Schluß feststellt, jemand hat die letzte Seite herausgerissen.

Bei der fünften oder sechsten Sitzung bat sie um ein Stück Papier, das ich auf dem Bettlaken festheften mußte. Heute wollte Anna das Schattenbild unseres alten Milchtopfs sehen. Dann bat sie mich, den Umriß mit Bleistift auf dem Bogen nachzuziehen. Da stand ich – in der einen Hand den Topf, in der anderen den Stift. Der Abstand war zu groß. Es ging nicht. Ich war noch einen halben Meter vom Bettuch entfernt. Aber Anna ließ nicht locker. Bei ihr durfte man nicht aufgeben. Sie meinte trocken: »Dann stell doch irgendwas unter den Topf.«

Wir schleppten ein Tischchen herbei, einen Haufen Bücher als weitere Unterlage, und dann konnte ich den Milchtopfschattenriß auftragsgemäß zu Papier bringen.

»Und jetzt sollst du das ausschneiden«, kommandierte sie.

Meine beachtlichen Talente wurden durch solche untergeordneten Beschäftigungen erheblich mißachtet.

»Mach das selber«, sagte ich.

»Bitte, du«, sagte sie, »bitte, Fynn.«

Mit angemessenem Widerstreben schnitt ich den Milchtopf aus und gab ihn ihr. Sie starrte schweigend darauf und nickte. Dann legte sie den papierenen Topf zwischen die Seite des dicken Lexikons.

Am nächsten Abend verlangte sie drei weitere Schattenbilder und ließ mich so klug wie zuvor. Ich ahnte zu der Zeit nicht, daß Anna ihr Problem bereits gelöst hatte. Mir gab sie indessen nicht die leiseste Andeutung. Sie ordnete ihre Ideen und Einfälle allein. Es vergingen drei Tage, bis sie wieder die Wunderlampe sehen wollte. Es waren drei Tage, in denen ich nur ihr rätselhaftes Lächeln sah. Sie grinste wie eine zu klein geratene Mona Lisa. Schließlich war sie so weit.

»Jetzt«, sagte sie, »bitte jetzt.«

Sie nahm die vier ausgeschnittenen Figuren aus dem Lexikon und legte sie auf den Tisch.

»Fynn, halt das mal für mich.«

Ich hielt den Papiermilchtopf in den Lichtstrahl. Es erschien ein neuer Schattentopf. Wozu brauchte sie den Schatten eines Schattens?

»Nein, nicht so, Fynn, der Strahl soll nicht auf den Topf fallen, sondern auf die Seite, auf die dünne Seite.«

Ich drehte das Blatt um neunzig Grad.

»Was siehst du, Fynn?«

Ich sah Anna an. Sie kniff die Augen fest zu und schaute nicht hin.

»Ich seh einen Strich auf dem Tuch.«

»Und jetzt das nächste. Was siehst du jetzt?«

»Auch einen Strich.«

Auch das dritte und vierte Bild ergab nur einen dünnen Schattenstrich. Schon wieder ein Einfall. Anna hatte herausgefunden, daß alle Dinge einen Schatten besaßen – seien es nun Berge, eine Maus, Blumen oder gar der König persönlich. Hielt man aber die Schatten selber ins Licht, so machten die Schatten einen Schattenstrich. Aber auch das war noch nicht alles.

Sie öffnete die Augen und sah mich streng an.

»Fynn, kannst du einen Strich der Länge nach vor das Licht halten? Ich meine, kannst du dir vorstellen, wie das ist? Was siehst du dann auf der Leinwand?«

»Einen Punkt«, antwortete ich.

»Ja.« Ihr Lächeln war heller als der Strahl der Wunderlampe.

»Aber ich weiß noch immer nicht, was das Ganze soll.«

Das hübscheste Kompliment, das Anna mir je machte, war jetzt ihr Stillschweigen. Es bedeutete so viel wie – du bist ein intelligenter Mensch, du wirst schon selber drauf kommen. Ich kam drauf. Meistens kleidete ich mein Denkergebnis in die Frage: »Meinst du vielleicht, daß . . .?«

Was sie diesmal sagen wollte, war etwa folgendes: Wenn man mit einer Zahl, sagen wir der Sieben, etwas zählen konnte, und zwar so verschiedene Dinge wie Markstücke, Babies, Bücher, dann mußten diese verschiedenen Dinge etwas miteinander gemein haben. Etwas, das einem normalerweise nicht auffiel. Was konnte das sein?

Dinge besaßen einen Schatten, und er war ein untrügliches Zeichen für die Existenz der Dinge. Ein Schatten ließ eine Menge Dinge weg, die man nicht zählen konnte – zum Beispiel, daß etwas rot war oder süß. Der Schatten bewahrte nur die Form. Aber auch das war noch immer zuviel. Ein Schatten ersparte einem überflüssige Informationen. Und darum mußte der Schatten eines Schattens die Dinge noch mehr vereinfachen. Aus den Schatten von Schatten wurden Linien, aber die Linien waren verschieden lang, also brauchte man den Schatten eines Schattens, und der war ein Punkt. Ein Punkt, auf den sich alles reduzieren ließ. Der springende Punkt, der zählte. Anna tippte einen schwarzen Punkt auf ein Blatt Papier.

»Ist das nicht fabelhaft, Fynn?« sagte sie und deutete auf den Punkt. »Das kann nun der Schatten von einem Schatten von einem Schatten von mir sein oder von einem Autobus oder von irgendwas . . . oder vielleicht bist du das, Fynn?«

Ich sah an mir herunter, sah den Punkt und erkannte mich nicht wieder. Und doch wußte ich, was sie meinte. Ein Punkt war das kleinste, das sich nicht weiter vereinfachen ließ. Und wie war der Weg andersrum? Ein Punkt ließ sich vergrößern, er wurde zur Linie, zur Form. Er quoll auf zu einem ganzen Universum, bis dorthin, wo er nicht mehr größer werden konnte. Dort war die absolute Größe, und sie hieß Mister Gott. Zwischen ihm und einem Punkt bewegte sich alles übrige.

Am nächsten Tag fütterten wir Enten im Park und ich fragte:

»Wie ist dir das eingefallen, das mit den Schatten?«

»In der Bibel gefunden.«

»Wirklich? Wo denn?«

»Mister Gott hat gesagt, die Juden sollen in seinem Schatten sicher sein.«

»Oh!«

»Und dann noch Petrus.«

»Was hat der gemacht?«

»Er hat Leute gesundgemacht. Er hat seinen Schatten auf Kranke geworfen, da waren sie wieder in Ordnung.«

»Klar, daran hätte ich selber denken können.«

»Und dann ist da noch der andere, der mit dem Schwanz und den Hörnern.«

»Was hat der damit zu tun?«

»Wie heißt er mal noch?«

»Satan?«

»Nein.«

»Teufel?«

»Nein, noch anders.«

Schließlich fiel mir Luzifer ein.

»Ja, was bedeutet das Wort? Weißt du das noch? Du hast das mal für mich aufgeschrieben.«

»Es kommt von Lux, das Licht.«

»Und was ist mit Jesus?«

»Was ist mit dem?«

»Was hat der gesagt?«

»'ne ganze Menge Sachen, glaub ich.«

»Ich meine, wie nannte der sich?«

»Den guten Hirten?«

»Was anderes.«

»Ich bin der Weg?«

»Noch anders.«

»Ich bin das Licht?«

»Ja, siehste. Luzifer und Jesus, beide sind das Licht. Jesus hat aber gesagt ›ICH bin das Licht‹.«

»Warum hat er das so gesagt?«

»Damit wir das nicht durcheinanderkriegen, die zwei Sorten Licht. Eins ist ein gelogenes, also ich meine ein falsches Licht, und eins ist das richtige Licht. Und die zwei Sorten heißen Luzifer und Mister Gott.«

22

## *Albert Einstein hat sich verrechnet*

Annas letzte Enthüllung über Schatten erfuhr ich an einem nassen und windigen Winterabend. Es war ein Abend, mit dem ich heute nach dreißig Jahren noch immer nicht zurandegekommen bin.

Ich saß bequem am Kamin und las. Anna spielte herum mit Papier und Bleistift.

»Was liest du, Fynn?«

»Alles mögliche, über Raum und Zeit und solches Zeug. Ist nix für dich.«

»Wovon handelt es denn?«

»Menge Sachen über Raum und Zeit und über ...« Hier machte ich einen Fehler: »... und über Licht.«

Sie hörte auf zu malen. »Oh, was steht da über Licht?«

Mich kribbelte es irgendwo. Licht und Schatten waren ja derzeit Annas Lieblingsthemen. Ich hätte nichts sagen sollen. Jetzt war es passiert.

»Na schön. Also da gab's mal wen, der hieß Albert Einstein, und der hat ausgerechnet, daß es nichts gibt, was schneller als das Licht ist.«

»Oh«, sagte sie noch einmal und malte weiter. Plötzlich drehte sie sich zu mir. »Das ist falsch.«

»So? Das ist falsch? Warum hast du mich dann das

Buch erst lesen lassen?« Aber der Scherz ging daneben.

»Ich wußte doch nicht, was du gerade liest«, antwortete sie.

»Na gut, dann erzähl mir, was schneller als Licht ist.«

»Schatten!«

»Geht nicht«, sagte ich. »Licht und Schatten sind ganz genau gleich schnell.«

»Warum?«

»Weil das Licht den Schatten macht.« Schon geriet ich ein wenig in Verwirrung. »Schau mal, Schatten ist da, wo kein Licht ist. Und darum kann ein Schatten nicht eher irgendwo ankommen als das Licht.«

Fünf Minuten war sie still und verdaute diese Behauptung. Ich las weiter.

»Schatten sind doch schneller. Ich kann das beweisen.«

»Fratz, das muß ich gesehen haben. Also fang an.«

Sie hüpfte vom Sessel, zog ihren Mantel an und griff nach der Taschenlampe.

»Wohin jetzt?«

»Runter zum Friedhof.«

»Es gießt, und es ist stockfinster.«

Sie wedelte mir mit der Taschenlampe vor dem Gesicht herum.

»Ich kann dir doch keinen Schatten zeigen, wenn's hell ist . . . oder?«

Draußen war es dunkel wie in einem Mauseloch. Der Regen strömte nur so herunter.

»Warum zum Friedhof?«

»Wegen der langen Mauer.«

Der Weg zum Friedhof war eine Art Sackgasse. Auf der einen Seite begrenzte ihn der Bahndamm, auf der anderen die Mauer. Er war nur wenig beleuchtet. Und ich hoffte, daß dort nur wenige Leute spazierengingen bei diesem Wetter. In der Mitte der Straße hielten wir an.

»Was jetzt?«

»Ich geh da weiter rauf«, erklärte Anna, »und dann beleuchte ich dich mit der Lampe. Du paß auf deinen Schatten an der Mauer auf.«

Damit trottete sie davon ins Dunkel. Plötzlich leuchtete die Lampe auf; der Strahl blinkte suchend durch die Nacht, bis er mich gefunden hatte.

»Fertig?« rief Anna aus dem Finstern.

»Ja«, schrie ich zurück.

»Siehst du deinen Schatten?«

»Nein.«

»Dann komm ich näher. Sag Bescheid, wenn du was siehst.« Der Strahl wurde heller.

»Jetzt! Halt!« rief ich, als ich einen dünnen Schatten am fernen Ende der Mauer erkennen konnte.

»Jetzt paß auf ihn auf«, rief sie.

Anna kam langsam näher. Sie ging an der Friedhofsmauer entlang, etwa einen halben Meter weiter von der Mauer entfernt als ich. Ich starrte ins Schwarze und paßte auf meinen Schatten auf. Er kam eilig näher, wurde sichtbarer, kam schneller, jedenfalls viel schneller, als Anna näher kam. Plötzlich wurde er langsam, ging an mir an der Mauer vorbei und eilte plötzlich davon. In diesem Moment stand Anna neben mir.

»Gesehn?« fragte sie.

»Hm. Ja, gesehen.«

»Schnell, was?«

»Sehr schnell. Wie hast du das rausgekriegt?«

»Autos. Die Autoscheinwerfer machen das so.«

»Fratz, hör zu. Du hast das prima herausgefunden. Mein Schatten rennt viel schneller als du, und dein Schatten rennt schneller als ich, aber beide sind nicht schneller als das Licht, verstehst du?«

Keine Antwort. Ich sah sie an. Anna war meilenweit entfernt. Sie hatte nicht zugehört. Sie dachte nach, wie es weitergehen würde.

Ich nahm ihre Hand und sagte: »Komm, Fratz, gehn wir zu Ma B für einen heißen Tee und was zu essen. Es ist so ein Sauwetter.«

Auf dem Weg trafen wir Sally.

»Bist du verrückt?« sagte Sally. »Was machst du mit der Kleinen bei solchem Wetter hier draußen?«

»Ich mach nix mit ihr«, sagte ich, »sie macht mit mir. Komm mit zu Ma B. Wir wollen heißen Tee trinken.«

»Prima, das paßt mir gut, wenn du mich einlädst. Ich bin nämlich pleite.«

Ich hatte bereits eine ganze Schweinefleischpastete aufgegessen, als Anna mit ihren Überlegungen zu Ende gekommen war.

»Die Sonne ist genau so wie ein Autoscheinwerfer!« Nach ein paar weiteren Minuten stach sie mit der noch immer unbenützten Gabel in meine Richtung. »Und du, du bist die Erde, ich meine als Beispiel. Und die Mauer, die ist Squillionen und Squillionen von Kilometern weit weg. Natürlich nicht eine wirkliche Mauer.« Sie wandte sich zur Seite und sah erst jetzt, daß Sally an unserem Tisch saß.

»Hallo Sally!« Anna lächelte.

»Hallo Fratz«, sagte Sally. »Was Neues?«

Anna hielt ihre Augen fest auf mich gerichtet. »Und die Sonne scheint auf die Erde, und dann wirft die Erde einen Schatten auf die Mauer, ich meine auf die Mauer, die nicht wirklich da ist, sondern die du dir nur vorstellen sollst.«

Ich zweifelte ein wenig. »Ganz sicher bin ich da nicht, Fratz!«

Sie lächelte. »Aber du kannst dir das in deinem Kopf vorstellen, daß das so sein könnte. Und wenn dann die Erde um die Sonne rumläuft und der Schatten von der Erde läuft immer mit auf der Mauer, die ...«

»... die Squillionen von Kilometern weit weg ist?«

»Wie schnell geht dann der Schatten auf dieser Mauer?«

Sie spießte ein Stück Pizza auf die Gabel und wirbelte mit der Gabel durch die Luft um ihren Kopf herum – als Demonstration. Die Erde war das Stück Pizza, Annas Kopf die Sonne. Dann legte sie den Kopf auf die eine Schulter und sah mich erwartungsvoll an.

Aber ich antwortete nicht. Ich sagte nicht, das Licht braucht soundso viele Sekunden für eine Million Kilometer. Ich wußte, daß es keine größere Geschwindigkeit als die Lichtgeschwindigkeit gab. Auch Schatten waren da nicht schneller. Herr Einstein hatte das ganz sicher richtig ausgerechnet. Ich bedachte ganz etwas anderes. Vielleicht hatte ich Anna nicht die rechte Art beigebracht, Erkenntnisse zu sammeln. Sicher hatte ich sie viele Dinge gelehrt, komische, interessante, wunderbare. Aber was war da falsch? Ich war ja selbst nicht sicher, welcher Weg der richtige war. Und so hatte Anna beschlossen, alle ihre Erkenntnisse allein zusammenzubasteln, von denen sie nicht mehr abzubringen war. Und wären sie noch so abstrus. Für mich war das Problem nicht einfach. Hatte ich mit Anna vielleicht alles falsch gemacht?

## 23
## *Wie sieht Mister Gott aus?*

Das am meisten gebrauchte Wort in den Gesprächen zwischen Anna und mir war zweifellos »Mister Gott«. Hätte sie nicht dauernd neue Einfälle gehabt, wäre die ganze Rederei über ihn allmählich doch langweilig geworden. Aber Mister Gott war für sie jeden Tag neu und jeden Tag von einer anderen Seite zu sehen.

Die zweitwichtigsten Worte waren die »Wee-Wörter«. Wee-Wörter beginnen mit »w«, und diese sind, soweit das Anna betrifft, Fragewörter. »Was«, »wie«, »welches«, »weshalb«, »wieso« und vor allem »warum«. Und dann gab's »Dee-Wörter«, und Anna bestimmte sie zu Antwort-Wörtern. Meistens begannen sie mit »d« und bildeten mit den Wee-Wörtern ein Paar. »Warum-darum«, »weshalb-deshalb«, »was-das«. Leider paßte diese Regel nicht immer. Vielleicht gab es das doch: »Wieso-dieso«? Dieso. Warum eigentlich nicht? Überhaupt beschloß Anna, die gesamte Sprache aufzuteilen in eine Fragehälfte und eine Antworthälfte. Die Fragehälfte war die wichtige. Denn hatte man sie nicht, entfiel die andere Hälfte sowieso. Fragen waren aufregend und manchmal riskant. Und man wußte nie genau, wohin sie einen führten.

Das aber war das Problem, wenn es etwa um Schule und Kirche ging. Solche Institutionen betrachteten offenbar die Antworthälfte als die wichtigere. Es war in höchstem Maß ärgerlich, welch vorfabrizierten und unbedenklich immer weiter benützten Antworten man dort vorgesetzt bekam, selbst wenn sie sich schon seit langem als falsch erwiesen hatten. Wichtig war eben doch nur, was man mit einer Frage bezweckte und was man mit ihr erreichen wollte. Es gab so viele sinnlose Fragen, man konnte in der Schule Jahre damit füllen, und die Antworten brachten einen nirgendwohin.

Anna war sicher, daß es einen Himmel gab mit Engeln und all dem. Und sie wußte mehr oder weniger, wie es dort aussah; oder sagen wir besser, sie wußte eher, wie es dort nicht aussah. Vor allem sahen die Engel sicherlich nicht so aus wie auf den bunten Bildchen, die es von ihnen gab. Was Anna am meisten störte, waren nicht die lustigen Flügel, die diese Wesen trugen, sondern die Tatsache, daß sie den Menschen glichen. Und die Möglichkeit, daß Engel ihr Engelleben mit Trompetenblasen und Singen verbrachten, erfüllte sie mit tiefer Bestürzung und großem Zweifel. Würde man am Tag der Auferstehung noch immer die gleichen zwei Beine, die gleichen Ohren, Augen, Finger, Arme haben? Auch das erschien ihr als abstruses Hirngespinst. Warum nur zerbrachen sich die Leute den Kopf über den Himmel und rätselten darüber, wo er sich befinde. Die ganze Frage gehörte zu jenen Unsinnigkeiten, die zu nichts führten, und deshalb nicht gestellt werden mußte.

Schon die Art, wie Miss Haynes und Pfarrer Castle die Worte »sehen« und »wissen« gebrauchten, war irritierend. Castle schwatzte dauernd davon, daß wir Gott, den Herrn, von Angesicht zu Angesicht sehen. Bei der letzten Sonntagspredigt war er wieder mit dieser Lieblingsidee beschäftigt und ahnte nicht, wie nahe er an einer mittleren Katastrophe vorübersegelte. Anna ergriff meine Hand, schüttelte energisch den Kopf und versuchte, ihren Ärger hinunterzuschlucken. Am liebsten hätte sie den armen Priester gevierteilt. Sie flüsterte mit einem Bühnenflüstern, das in der gewölbten Kirche ein vielfaches Echo produzierte:

»Und was macht er, wenn sich rausstellt, Mister Gott hat überhaupt kein Gesicht? Nicht mal Augen? Dann sieht der da ihn überhaupt nicht ›von Angesicht zu Angesicht‹!« Sie äffte den armen Kanzelredner nach, und jeder in der Kirche hörte es. Castle schwieg einen Moment und fuhr dann mit seiner Predigt fort.

»Fynn, was macht er dann?«

»Komm näher«, sagte ich. »Nicht so laut.«

Ihre Lippen krabbelten an meinem Ohr herum, und sie zischte mir zu: »Mister Gott hat kein Gesicht.«

Ich zog die Augenbrauen in die Höhe und das hieß:

»Erklär mal.«

Sie flüsterte: »Er sieht uns alle auf der Erde, jeden einzelnen, und er muß sich dafür nicht mal rumdrehen oder schielen oder so was. So ist das.« Sie legte ihre Arme über der Brust zusammen, nickte befriedigt und schaute angriffslustig zur Kanzel.

Auf dem Heimweg erklärte sie: »Sieh mal Fynn, das ist doch einfach. Ich hab ein ›vorne‹ und ein ›hinten‹. Und wenn ich hinten was sehn will, muß ich mich umdrehen, weil ich hinten keine Augen hab. Aber Mister Gott hat nur ein ›vorn‹ und kein ›hinten‹. Er schaut überall hin, gleichzeitig.«

»Oh«, sagte ich, »völlig klar.«

Die Idee, daß Gott kein hinten besaß, amüsierte mich. Ich versuchte, ein albernes Gekicher zu unterdrücken. Aber es ging nicht. Ich platzte los.

Anna war verwundert. »Warum lachst du denn so?«

»Na, bloß die Idee, Mister Gott hat kein hinten. Vielleicht hat er dann auch keinen Hintern?« Ich gackerte schon wieder wie das dümmste Huhn im Stall. Für eine Sekunde verengten sich ihre Augen ein wenig, dann grinste sie fröhlich: »Hat er auch nicht!« Ihr Gelächter lief ihr auf dem Weg voran. »Mister Gott hat keinen Popo«, sang sie lauthals durch die Straße. Das Stirnrunzeln der Passanten verwandelte sich in Blicke des Entsetzens. »Ekelhaft, dieses Kind«, sagte ein Sonntagsanzug. »Was für ein Ferkel«, quietschten ein paar blanke Stiefel. Und die Taschenuhr eines dicken Mannes meinte: »Ein Teufelsbraten.« Anna hüpfte weiter und lachte zusammen mit Mister Gott, der ihr Freund war. Sie war nicht böse und nicht dumm, sie war nur sicher, daß ihr Freund sie verstand.

24

# *Betrachtungen über den Tod*

Anna und meine Mutter waren das, was man ein Herz und eine Seele nennt. Sie führten ernste Unterhaltungen miteinander, denn auch Mutter hatte diese Gabe, Fragen zu stellen, die einen weiterbrachten.

Eines Sonntagvormittags fragte sie: »Was ist wohl das Größte, was Gott gemacht hat?«

Ich überlegte und sagte: »Das Größte ist die Erschaffung des Menschen.«

Sie schüttelte den Kopf und war nicht einverstanden. Ich rätselte herum – vielleicht die Tiere, oder Blumen? Ich fragte mich durch die sechstägige Schöpfungsgeschichte hindurch, erntete aber nichts als weiteres Kopfschütteln. Mehr fiel mir nicht ein. Aber ich sah die Blicke, die meine Mutter mit Anna tauschte. Mutter hatte ihr Weihnachtsbaumlächeln aufgesetzt. Sie zwinkerte Anna strahlend zu. Anna sah sie an und stützte das Kinn in die Hände. Da saßen die zwei, und zwischen ihnen herrschte absolutes Einverständnis. Plötzlich legte Anna ihre Hände vor sich auf den Tisch und stand auf. Auf ihrem Gesicht malte sich Freude und Erstaunen über sich selbst. Sie holte tief Luft und sagte:

»Das größte ist ›der siebte Tag‹.«

Ich schaute von einer zur andern, hustete und wollte die Aufmerksamkeit auf mich lenken.

»Das kapier ich nicht«, sagte ich. »Da hat er nun alle seine Wunder in sechs Tagen fertiggekriegt. Und dann ruht er sich aus am siebten Tag. Was ist da so Besonderes dran?«

Anna hopste vom Stuhl und setzte sich auf meinen Schoß. Das war ihre Art, wenn es galt, dem unwissenden kleinen Jungen etwas beizubringen.

»Warum hat er sich denn am siebten Tag ausgeruht?« fragte sie.

»Na, das Ganze war doch 'ne hübsche Menge Arbeit. Da braucht man dann mal 'ne Pause.«

»Er hat sich aber nicht ausgeruht, weil er müde war.«

»Nanu? Ich bin schon müde, wenn ich bloß dran denke, was er alles gearbeitet hat.«

»Er nicht. Er war nicht müde.«

»Bestimmt nicht?«

»Am siebten Tag hat er die Ruhe gemacht, geschaffen, meine ich.«

»Wirklich?«

»Ja, und das ist das wirkliche Wunder. Er hat sich die Ruhe ausgedacht und sie dann gemacht. Wie, glaubst du, war das alles, bevor er am ersten Tag angefangen hat mit der Arbeit?«

»Ein ziemlich schauerliches Durcheinander, nehme ich an.«

»Ja, und du kannst dich doch nirgendwo ausruhen, wenn alles so'n Riesendurcheinander ist . . . oder?«

»Wahrscheinlich nicht. Und dann?«

»Siehst du, als er dann angefangen hat, alle Sachen zu machen, da war es schon gleich ein bißchen weniger unordentlich.«

»Da ist was dran.« Ich nickte zustimmend.

»Und als er mit allem fertig war, hatte er die ganze Unordnung in Ordnung gebracht. Und jetzt konnte er sich die Ruhe ausdenken. Und darum ist die Ruhe das allerallergrößte Wunder. Kannst du das verstehen?«

Wenn man die Sache so betrachtete gefiel sie mir sehr. Trotzdem fühlte ich mich wieder einmal wie der Dümmste in der Klasse und wollte etwas dagegen tun.

Ich sagte: »Ich weiß aber, was er mit all dem früheren Durcheinander gemacht hat.«

»Was denn?«

»Er hat alles in die Köpfe von den Menschen reingestopft.«

Es war eine geplante Provokation, aber niemand schimpfte. Statt dessen nickten die beiden erfreut, daß ich so flink begriffen hatte. Darum machte auch ich rasch ein zustimmendes Gesicht und akzeptierte das Kopfnicken, als sei ich völlig einer Meinung mit ihnen. Wie aber konnte ich jetzt die wahrscheinlich dumme Frage stellen, warum Mister Gott das getan hatte. Schließlich wollte ich mich nicht blamieren.

»Ganz komisch eigentlich, dieser Müll im Kopf«, sagte ich vorsichtig.

»Überhaupt nicht. Du mußt sogar zuerst soviel Müll in deinem Kopf haben, bevor du wirklich weißt, was Ausruhen heißt.«

»Klar. Natürlich. Das muß der Grund sein.«

»Tot sein ist Ausruhen. Da kannst du zurückschauen und alles in Ordnung bringen, bevor du weitergehst.«

Tot sein war nichts, über das man viel Aufhebens machte. Sterben konnte vielleicht ein Problem sein, aber nicht, wenn man wirklich gelebt hatte. Sterben erforderte ein bißchen Vorbereitung, und die einzige Vorbereitung auf das Sterben war, wirklich zu leben.

So wie Oma Harding sich vorbereitet hatte, ein Leben lang. Anna und ich saßen neben ihr und hielten ihre Hand, als sie starb. Sie freute sich auf den Tod, nicht weil das Leben sie schlecht behandelt hatte, sondern weil sie glücklich gelebt hatte. Sie freute sich nicht auf den Tod, weil sie zuviel Arbeit gehabt hatte, sondern sie wollte ihr Leben ordnen und alle ihre Jahre noch einmal überblicken. »Es kehrt sich das Innere nach außen«, hatte sie gesagt. Und während sie uns von einem Ausflug an einem schönen Sommermorgen erzählte, starb sie. Glücklich, weil sie glücklich gelebt hatte. Oma Harding kam aus diesem Anlaß zum zweiten Mal in ihrem dreiundneunzigjährigen Leben in eine Kirche.

Das geschah drei Wochen, bevor wir zu einem anderen Begräbnis gingen.

Zwei Dutzend oder mehr von uns kamen mit zu Skippers Beerdigung, sechs von den Älteren und ungefähr zwanzig Kinder aller Größen. Die wird kein Methusalem, hatten die Leute gesagt, und es stimmte auch. Skipper hatte lauter Unsinn im Kopf und war immer zum Lachen aufgelegt. Sie hätte noch viel, viel mehr gelacht, wenn der Husten nicht gewesen wäre. Sie hustete zuviel in letzter Zeit. Sie war noch nicht ganz fünfzehn, als sie starb. Blond und blauäugig, mit einer Haut wie durchsichtiges Seidenpapier. Es war noch gar nicht lange her, daß wir alle zusammen über das Sterben geredet hatten.

Bunty hatte damit angefangen. »Wie geht man tot?«

Jemand anderer sagte: »Das ist leicht. Man hört einfach auf.«

Und Skipper hatte gerufen: »Klar ist das einfach, toteinfach.«

Und wir alle hatten irgendwas Unverständliches geknurrt.

Das Begräbnis war eine feierliche Angelegenheit. Viel zu feierlich für jemanden wie Skipper. Pfarrer Castle tönte durch die Kirche von der Unschuld der Jugend, und jemand unterdrückte verzweifelt aufkommendes Gelächter. Castle hob die Augen gegen die Kirchendecke und verkündete, Skipper befände sich jetzt im Himmel. Amen.

Alle Gesichter sahen interessiert in die Höhe, und die Münder standen offen. Nur Dora blickte angestrengt auf den Boden, bis jemand sie in die Rippen knuffte und laut flüsterte:

»Nach oben, du Idiot, glotz mal nach oben.«

Dora hob erschrocken den Kopf, stolperte und fiel mit hörbarem Knall auf die harten Steinfliesen. »Ich hab doch meinen Kaugummi verloren«, heulte sie.

Aber Pfarrer Castle focht das nicht an. Er fuhr fort, ein wundervolles Bild von Skipper zu malen, und keiner von uns kannte sie wieder. Das war nicht unsere Skipper, die er beschrieb. Und es war ein Segen, daß die Toten nicht widersprechen. Ich konnte mir lebhaft vorstellen, was Skipper gesagt hätte. »Himmel, was quatscht der da bloß für ein Blech zusammen, der alte Trottel.« Etwa in diesem Sinn. Glücklicherweise merkte Castle nichts und beendete seinen weihevollen Unsinn. Wir gingen alle mit zum Friedhof und warfen Erde in Skippers Grab. Dann drängelten wir uns zum Ausgang, vorbei an einem großen Marmorengel, der einen marmornen Blumenstrauß auf ein marmornes Grab legte. Beim Tor warteten wir auf Buzz, der ein wenig länger am Grab geblieben war.

Einer sagte: »Könnt ihr euch vorstellen, daß Skipper jetzt Flügel hat?«

»Na klar, das ist doch schick, so rumzuflattern.«

»Ich brauch keine Flügel.«

»Warum nicht?«

»Wie kann ich mit den Dingern mein Hemd ausziehn?«

»Sei nicht blöd. Engel tragen kein Hemd.«

»Na, was denn?«

»Höchstens so eine Art Nachthemd.«

»Mensch, wer trägt denn Nachthemden. So richtig schlappschwänzig ist das.«

Das Leben begann wieder. Pfarrer Castles Predigt war schon vergessen.

»Maggie«, brüllte einer, »weißt du vielleicht, wo der Himmel ist?«

»Na, irgendwo wird er schon sein«, antwortete Maggie und bohrte hingebungsvoll in der Nase.

»Na, da oben ist er, du Ziege.«

»Besser nicht, das wär nicht gut.«

»Warum nicht?«

»Wenn Skipper da oben wär, hätt' sie dir schon längst auf den Kopf gepißt.«

»Du bist gemein.«

»Buzz, wen willst du heiraten, wo Skipper jetzt tot ist?«

»Blöde Kuh«, sagte Buzz.

»Die hätte sich die Lunge aus dem Hals gehustet. Besser daß sie tot ist«, sagte ein anderer.

»Maggie, gibt's verschiedene Sorten Himmel? Ich meine einen für Huren und einen für Juden oder Neger oder Leute wie Castle?«

»Nee, bestimmt bloß einen.«

»Wozu gibt's dann verschiedene Sorten Kirchen und Synagogen und all den Kram?«

»Keine Ahnung.«

»Hat wahrscheinlich der Teufel erfunden. So was ist typisch für den.«

»Vielleicht ist Skipper gar nicht im Himmel?«

»Vielleicht schmort sie in der Hölle?«

»Das hält der Teufel nicht aus. Der schmeißt sie nach zwei Tagen raus.«

»Armer Teufel. Das wär ja zum Schießen komisch.«

»Was ist komisch?«

»Lachen. Der geht schon die Wände rauf, wenn jemand bloß mal kichert, und Skipper platzt bei jeder Gelegenheit los.«

»Was, glaubst du, macht Skipper jetzt?«

»Singt Hymnen, wahrscheinlich.«

»Das ist vielleicht doof, die ganze Zeit Hymnen«,

sagte Mattie. Er blickte zum Himmel auf und intonierte:

*»Richard der Beknackte*
*Saß auf dem Topf und kackte,*
*Kackte bis der Topf zerbrach*
*Und die Wurst daneben lag.«*

Alle gröhlten begeistert mit.

»Ich wette, Skipper bringt den Engeln das bei.«

»Klar, auch das andere ›Artur komm runter, in Vatas Garasch . . .‹«

»Nein, hör auf, das nicht. Das ist zu blöde.«

»Überhaupt nicht blöde. Wenn Skipper das dem lieben Gott aufsagt, dann lacht der sich tot, das kannste glauben.«

»Ne, bestimmt nicht. Es ist zu dreckig.«

»Wozu hat er uns Ärsche gemacht, wenn man nicht drüber reden darf?«

»Es ist dreckig, sag ich dir.«

»Das ist doch ein Riesenquatsch. Wenn ich Gott wär, ich würde da drüber lachen.«

»Du schon, aber was is mit Jesus?«

»Was soll mit dem sein?«

»Na, guck dir mal die Bilder von dem an. Sieht aus wie'n Süßer.«

»In Wirklichkeit hat der bestimmt nicht so ausgesehen.«

»Sein Alter war Zimmermann.«

»Und er selber auch.«

»Na, stell dir mal vor, den ganzen Tag Holz sägen, da kriegste ganz schön Muskeln. Jesus hatte bestimmt auch Muskeln. Dem sein Alter hat ihn nicht rumgammeln lassen, der mußte auch arbeiten.«

»Der war bestimmt 'n ganz dufter Typ.«

»Klar. Und konnte schwer einen heben.«

»Woher weißt du das?«

»Steht in der Bibel. Hat Wasser in Wein verwandelt.«

»Das ist prima. Mein Alter kann so was nicht.«

»Dein Alter kann überhaupt nichts.«

»Warum darf ich nicht ›Arsch‹ sagen?«

»Das tut man nicht.«

»Jesus hatte auch einen.«

»Aber er hat nicht ›Arsch‹ gesagt.«

»Woher weißt du das?«

»Ich wette, der hat ›Popo‹ gesagt.«

»Hat er nicht. Der hat jiddisch geredet.«

»Quatsch.«

»Weißt du noch vorigen Sonntag. Da sagt der Castle doch tatsächlich, daß der Regen die Tränen von den Engeln sind. Worüber heulen die bloß so viel?«

»Über deine blöden Fragen heulen die.«

»Mensch, dem lieben Gott muß das doch zu den Ohren wieder rauskommen.«

»Was?«

»Na, all die Gebete und die ganze heilige Singerei.«

»Wenn ich Gott wär, würd ich die Leute zum Lachen bringen.«

»Brauchste nicht. Wenn du Gott wärst, würden die Leute sowieso über dich lachen.«

»Wenn ich Gott wär, würde ich dir andauernd eins mit meinem Donner auf den Kopf hauen.«

»Ich hab 'ne gute Idee.«

»Noch ein Wunder.«

»Nee, ernsthaft. Wir gründen 'ne neue Kirche.«

»Du gehörst ungewaschen durch die Mangel gedreht. Wir haben grade genug Kirchen.«

»Ich meine doch keine mit Gebeten und Singen und so. Ich meine, wir erzählen die ganze Zeit Witze über den Teufel und über alles. Das wär schick.«

»Wir machen eine Lachkirche.«

»Das wär prima, eine Lachkirche.«

Und so ging das weiter. Stunde für Stunde, Tag für Tag, Jahr für Jahr. Man redete und schwatzte und nahm kein Blatt vor den Mund. Und das war es, wonach Anna sich sehnte.

## 25
## *Anna hat »das Gesicht«*

In der Nacht nach Skippers Begräbnis wachte ich von einem verzweifelten Schluchzen jenseits des Vorhangs auf. Ich ging zu Anna und wiegte sie in meinen Armen, um sie zu beruhigen. Vielleicht hatte sie schlecht geträumt, vielleicht war es der Kummer um Skipper. Ich hielt sie fest, aber sie machte sich los und stand geistesabwesend auf dem Bett. Ich war ratlos und wußte nicht, was ich tun sollte. Ich drehte das Licht an, und was ich sah, machte mir Angst. Da stand Anna mit wilden, offenen Augen. Sie preßte die Hand vor den Mund, um nicht zu schreien. Die Tränen liefen ihr über die Wangen. Sie sah mich nicht und nichts anderes.

Plötzlich hörte ich Annas Stimme: »Bitte, Mister Gott, laß mich nicht so dumm bleiben wie alle andern, und wie ich jetzt bin. Ich möchte so gern alles lernen. Bitte, sag mir doch, wie man richtig fragt.«

Für den Augenblick einer Ewigkeit sah ich Anna als reine Flamme, und ich zitterte. Wie ich diesen Augenblick bewältigte, weiß ich nicht. Auf eine eigenartige, mysteriöse Weise »sah« auch ich, zum ersten Mal.

Dann fühlte ich eine sanfte kleine Hand in meinem Gesicht.

»Fynn, Fynn«, sagte Anna, und das Zimmer war wieder ein Zimmer. »Fynn, was ist denn mit dir?«

Ich weiß nicht – vielleicht aus Angst begann ich jetzt, höllisch zu fluchen. Jeder Muskel tat mir weh, und mich fror erbärmlich. Anna legte die Arme um meinen Hals.

»Fluch nicht, Fynn, was schimpfst du so? Ist doch alles gut jetzt.«

Ich versuchte, noch einmal an diesen schrecklichen und gleichzeitig wunderbaren Moment zu denken. Ich versuchte, zur Normalität zurückzukehren; es war ein Gefühl, als hätte man eine endlose Leiter hinabzusteigen.

Anna flüsterte: »Ich bin froh, daß du gekommen bist. Ich hab dich lieb, Fynn.«

Ich wollte sagen, ich auch, aber ich brachte kein Wort zustande. In meinem Kopf sah es neblig aus. Zwischendurch bemerkte ich, daß Anna mich zu meinem Bett führte. Ich legte mich nieder und fühlte mich hundeelend und erschöpft. Meine Gedanken brodelten durcheinander. Eine Tasse Tee, die ich plötzlich in der Hand hielt, brachte mich wieder zur Besinnung.

»Trink das, Fynn«, sagte Anna. »Trink es ganz aus.« Ich hörte, wie sie eine Zigarette für mich anzündete. Dann richtete ich mich auf und stützte mich auf die Ellbogen.

»Was war denn bloß los, Fynn?« fragte sie.

»Gott weiß, was los war«, sagte ich. »Hast du geschlafen?«

»Nee, war schon 'ne ganze Weile wach.«

»Ich hab gedacht, du hast böse Träume.«

»Überhaupt nicht.« Sie lächelte. »Ich hab bloß gebetet.«

»Aber du hast so geweint . . . ich dachte . . .«

»Hast du deshalb Angst gehabt?«

»Weiß nicht. Möglich. Es war komisch. Ich fühlte mich so schlecht und ganz leer. Ich dachte einen Moment lang, ich seh mich selber, wie ich wirklich bin. War nicht schön.«

Sie antwortete nicht. Dann sagte sie ruhig: »Ja, ich weiß.«

Ich war unendlich müde und legte meinen Kopf in Annas Arme. Es war nicht richtig. Es mußte andersrum sein. Sie legte sonst ihren Kopf in meine Arme. Aber ich fühlte nur, so war es gut. Das hatte ich gewollt.

Und all die ungefragten Fragen? Nach einer Weile sagte ich leise: »Fratz, warum hast du Mister Gott gebeten, er soll dir beibringen, wie man richtig fragt?«

»Och, das ist bloß traurig . . . sonst nichts.«

»Was ist traurig?«

»Na, die Menschen eben.«

»Verstehe. Und was ist traurig mit den Menschen?«

»Ich denke immer, Menschen sollten klüger und klüger werden, je älter sie werden. Bossy und Patch werden immer klüger, aber Menschen nicht. Das find ich traurig.«

»Glaubst du das wirklich?«

»Ja. Die Schachteln von Menschen werden immer kleiner.«

»Was für Schachteln?«

»Ich hab mir gedacht, jede Frage liegt in einer Schachtel, und die Antworten, die die Menschen kriegen, die sind immer ganz genauso groß wie die Schachtel, wo die Frage drin ist. Das ist so wie mit den Dimensionen, weißt du noch?«

»Du meinst damals, das aus dem Buch?«

»Ja, wenn du eine Frage mit zwei Dimensionen hast, dann kriegst du auch so eine Antwort mit zwei Dimensionen. Das ist alles fest eingesperrt, eben wie in einer Schachtel.«

»Ich glaube, ich weiß ungefähr, was du meinst.«

»Die Antwort ist immer so groß wie die Schachtel, und dann ist Schluß. Mehr kriegt man nicht. Wie im Gefängnis.«

»Ich glaube, wir sind alle irgendwie eingesperrt.«

Sie schüttelte den Kopf. »Nein, das glaub ich nicht. Das würde Mister Gott nicht zulassen. Wir sperren uns höchstens selber ein.«

»Vielleicht hast du recht. Aber was dann?«

»Mister Gott ist da, und er läßt uns da sein.«

»Na siehst du, wir sind ja doch da.«

»Nein. Wir sperren auch ihn in kleine Schachteln.«

»Bestimmt nicht.«

»Doch, die ganze Zeit. Weil wir ihn gar nicht wirklich lieben. Die Maus gestern hab ich auch aus der Mausefalle rausgelassen, weil ich sie lieb hab. Und auch Mister Gott müßten wir rauslassen, auch aus der Kirche. Und das wäre dann wirkliche Liebe.«

## 26

## *Nachtmenschen*

Vielleicht lag es daran, daß Anna und ich einander eines Nachts begegnet waren. Wir liebten beide die Dunkelheit, denn manches Überraschende geschah nur in der Finsternis. Lärm und Aufregung, alle die nervösen Heftigkeiten des Tages sanken in sich zusammen und wurden am Abend überschaubar. Nachts konnte man reden, und wenn es niemanden sonst gab, so sprach man auch mit einer freundlich leuchtenden Straßenlaterne. Wer verstand derlei bei Tageslicht?

»Sonnenschein ist schön«, sagte Anna, »aber er macht alles so hell, daß man gar nicht weit sehen kann. Nachts ist das Leben schöner. Man kann sich nachts so groß machen, daß die Finger bis an die Sterne reichen, und die sind doch riesig weit weg. Und dann die Ohren. Am Tag ist alles laut, daß du überhaupt nichts hörst ... aber nachts hört man die Blätter singen.«

Mutter hatte Verständnis für unsere Ausflüge in der Dunkelheit. Am liebsten wäre sie selber mitgekommen.

»Viel Spaß«, sagte sie jedesmal, wenn wir loszogen. »Und verlauft euch nicht.« Sie meinte damit nicht, daß wir uns in den Straßen des East End wirklich verlaufen könnten. Sie verstand, daß einem die Phantasie abhanden kommen konnte zwischen all den Sternen. Sie wußte, daß »sich verlaufen« und »seinen Weg finden« die zwei Seiten ein und derselben Münze waren. Man konnte die eine nicht ohne die andere haben.

»Warum geht ihr nicht raus?« fragte sie. »Es gießt wie aus Eimern, und ihr sitzt hier rum.« So grauenhaft das Wetter auch sein mochte, Mutter war der Ansicht, man sollte hinaus, es riechen, schmecken, nachsehn, wie es sich anfühlt, Erfahrungen machen. Neugierig sein.

Wenn alle übrigen Mütter nach ihren Freds, Bertas, Betties schrien, dann sagte meine Mutter: »Wenn ihr heimkommt, ist heißes Wasser da, damit es keinen Schnupfen gibt. Und Tee mache ich euch auch.« Jahrelang hielt sie es so, bis sie herausfand, wir seien alt genug, selber heißes Wasser und Tee zu machen. Für Mutter war es selbstverständlich, daß man auch einmal eine ganze Nacht fortblieb. Denn sie wußte, eine Nacht draußen zu verbringen, war etwas Besonderes. Den Tag kannte jeder. Die Nacht nur wenige.

Es gab darum Nachtmenschen, die man am Tag nicht antraf. Die meisten von ihnen redeten gern, und man erfuhr Dinge, von denen man sonst nicht einmal träumen konnte. Natürlich gab es Nachbarn, die uns schief ansahen. Nachts hatte jeder anständige Mensch im Bett zu liegen und zu schlafen, erst recht, wenn es sich um ein kleines Mädchen handelte. In der Nacht waren die Bösen, die

Räuber und Diebe unterwegs. Die Nacht gehörte dem Teufel.

Vielleicht hatten wir Glück. Auf all unseren nächtlichen Ausflügen begegneten wir niemals dem Bösen, den Räubern und Dieben. Wir trafen nur Menschen.

Anna sagte: »Komisch, Fynn, alle Nachtmenschen haben andere Namen als Tagmenschen.«

Es stimmte. Geriet man in eine Gruppe von ihnen, so hatte man noch nicht guten Abend gesagt und wurde schon reihum bekannt gemacht.

»Das ist die verrückte Lilly. Sie ist ein bißchen komisch im Kopf, aber sonst ganz harmlos. Und das da ist der ›alte Spinner‹.«

Sein wirklicher Name war Robert Sowieso, aber jedermann nannte ihn nur »alter Spinner«.

Nachtmenschen hatten Zeit, miteinander zu reden. Sie arbeiteten nicht, bis sie spät abends halb tot ins Bett fielen, um am nächsten Morgen mit der gleichen Hetzerei wieder zu beginnen. Nachtmenschen erzählten, erzählten und hörten dem zu, was andere berichteten.

Eine Flasche ging von Hand zu Hand. Jeder wischte die Öffnung ordentlich mit dem Ärmel ab und nahm einen tiefen Schluck. Auch ich kam an die Reihe und trank. Hätte ich es nur nicht getan. Mir drehte sich der Magen um. Hustend, spuckend und mit tränenden Augen reichte ich die Flasche weiter. Das Zeug schmeckte wie Lackfarbe mit einem kräftigen Schuß Dynamit versetzt. Ein Schluck davon war eine Erfahrung, zwei Schlucke eine Strafe, und drei führten zum sicheren Tod.

»Zum ersten Mal probiert, du Hühnchen?« sagte der »alte Spinner«.

Ich stöhnte. »Zum ersten und zum letzten Mal.«

»Wenn man mehr davon trinkt, gibt sich das«, sagte die verrückte Lilly.

»Wie heißt dieses Teufelszeug?« Ich bekam langsam wieder Luft.

»Ganz ähnlich. Es heißt ›Höllenfeuer‹«, sagte der »alte Spinner«, »wenn man das trinkt, kriegt man keinen Schnupfen, wenn es kalt ist.«

»Es schmeckt wie Benzin.« Die verrückte Lilly gackerte fröhlich: »Stimmt nicht. Du wirst schon noch auf den Geschmack kommen.«

Anna wollte das Höllenfeuer auch probieren. So tat ich einen Tropfen auf mein Taschentuch und ließ sie daran lutschen. Sie prustete ebenso wie ich. »Gräßlich«, sagte sie und zog eine Grimasse.

Alle lachten. Wozu wischten sie nur so säuberlich die Flaschenöffnung ab? Keine einzige Bazille würde dieses Höllenfeuer überleben. Seit jener Erfahrung tranken wir nur noch Tee oder Kakao.

Knast-Willi erzählte von seinen Abenteuern. Sie waren so außerordentlich, daß sie eigentlich das Leben von vier ausgewachsenen Männern hätten füllen können. Was machte es, ob alle Geschichten wahr waren? Wem schadete das, was Willis Phantasie sich ausgemalt hatte? Seine Phantasie war pure Poesie. Die nächtlichen Sterne zerbrachen Mauern, hinter denen Menschen eingesperrt waren. Die Phantasie schwebte frei durch den Raum.

Anna saß auf einer alten Öltonne und war Mittelpunkt der Aufmerksamkeit, wie immer und überall. Ihre Wangen glühten, ihre Augen leuchteten, als Knast-Willi sein Garn spann.

In einer solchen Nacht erzählte auch Anna. Der »alte Spinner« stellte sie auf eine Kiste, und zwei Dutzend Nachtfreunde hörten zu. Sie erzählte von dem König, der einem Gefangenen den Kopf abschlagen lassen wollte. Aber plötzlich änderte er den Befehl, weil er das Lächeln eines Kindes gesehen hatte. Alle Zuhörer nickten, und Knast-Willi sagte: »Ah, ja, so'n Lächeln, das ist schon was. Das erinnert mich an die Geschichte, als ich damals ...« und wieder gab es ein neues Gespinst, das in Willis Kopf Gestalt annahm.

In einer frostigen Aprilnacht trafen wir Rübezahl zum ersten Mal. Warum er so hieß, wußte niemand. Unsere Freunde respektierten und achteten ihn. Er war gebildet und besaß feine Manieren. Er war groß und ging gerade, als hätte er einen Stock verschluckt. Hakennase, Bart und ein wenig wäßrig blaue Augen. Wenn Rübezahl lächelte, so erreichte das Lächeln nur seine Mundwinkel. Aber man schaute gar nicht auf das Lächeln, man sah nur in seine Augen, die einen festhielten. Darin stand Zutrauen, und sie überschütteten einen mit Wärme.

Als Anna und ich an das kleine Feuer traten, an dem die Nachtfreunde sich die Hände wärmten, schaute Rübezahl auf und sah uns an. Niemand sprach. Seine Augen wanderten von mir zu Anna, und dort blieben sie. Er hielt ihr die Hand hin, und sie ging zu ihm. Sie hielt seine Hand fest, und beide waren fortan Freunde.

»Bist du nicht noch ein bißchen jung für das hier, Kleines?« fragte Rübezahl.

Anna schwieg und sah ihn an. Er verlangte keine Antwort. Er hatte es nicht eilig und konnte warten.

Schließlich sagte sie ruhig: »Ich bin alt genug fürs Leben.«

Rübezahl lächelte und zog eine alte Holzkiste neben sich. Anna setzte sich.

Ich stand verloren und vergessen herum. So suchte ich mir auch eine Kiste und setzte mich dazu. Wir schwiegen ein paar Minuten lang. Rübezahl stopfte sich umständlich eine Pfeife und ging zum Feuer, um sie anzuzünden. Als er sich wieder setzte, legte er eine Hand auf Annas Kopf und sagte etwas, das ich nicht verstand. Beide lachten. Er rauchte ruhig vor sich hin.

»Magst du Gedichte?« fragte er.

Anna nickte. Rübezahl beschäftigte sich weiter mit der Pfeife.

»Weißt du, was Gedichte sind?« fragte er weiter und paffte große Wolken.

»Ja«, erwiderte Anna, »es ist so eine Art Nähen.«

»Aha!« Rübezahl nickte. »Und was meinst du mit ›eine Art Nähen‹?«

Anna wandte die Worte in ihrem Kopf hin und her.

»Ich denk mir das so, man näht aus vielen kleinen verschiedenen Stücken etwas zusammen, und das ist dann wieder ganz verschieden von dem, was es vorher war.«

»Hm«, brummte Rübezahl, »ich glaub, das ist eine ganz gute Erklärung für Poesie.«

»Darf ich mal was fragen?« sagte Anna.

»Natürlich.«

»Warum leben Sie nicht in einem Haus?«

Rübezahl betrachtete seine Pfeife und strich sich den Bart.

»Ich glaub, das kann man so nicht beantworten. Kannst du dasselbe anders fragen?«

Anna dachte einen Moment nach, dann sagte sie: »Warum leben Sie gern im Dunkeln?«

»Im Dunkeln?« Rübezahl lächelte. »Das kann ich leicht beantworten, aber ob du die Antwort verstehst?«

»Wenn es eine Antwort ist, dann versteh ich sie«, sagte Anna.

»Ah ja, natürlich. Wenn es eine Antwort ist. Das ist wahr, nur ob es eine Antwort ist?« Er machte eine Pause. »Magst du die Dunkelheit?«

Anna nickte: »Sie macht einen groß. Sie macht Taggefängnisse riesig und nicht mehr eng.«

Rübezahl lachte leise. »Tatsächlich, tatsächlich«, sagte er. »Und ich mag die Dunkelheit, weil ich da über mich selber nachdenken und nach Klarheit suchen kann. Am Tag denken die andern über mich nach, und das meiste davon ist falsch. Verstehst du das?«

Anna lächelte. Rübezahl streckte die Hand aus und strich über ihre Augen. Dann nahm er ihre Hände in die seinen und dachte nach. Am Tag war es eine schäbige, schmutzige Ecke wie irgendeine andere. Heute nacht war sie verzaubert.

Rübezahl sprach:

*»O Anblick der Glanznacht, Sternheere,*

*Wie erhebt ihr! Wie entzückst du, Anschauung*
*Der herrlichen Welt! Gott Schöpfer!*
*Wie erhaben bist du, Gott Schöpfer!*

Das ist Poesie, verstehst du? Ein Gedicht. Man lernt daraus. Menschliches, Göttliches, Phantasie, Leben, Erinnerungen, überhaupt alles. Du solltest Gedichte lernen, Anna, oder selber welche machen. Der Tag ist für das Hirn, für das Denken da, die Dunkelheit für die Phantasie. Hab keine Angst, Anna. Dein Gehirn macht vielleicht einmal einen Fehler, aber dein Herz niemals.«

Er stand auf, sah sich im Kreise um. Dann schaute er wieder auf Anna.

»Ich kenne dich, kleine Dame«, sagte er, »und du kennst mich.« Er zog den Mantel enger um die Schultern und trat ins Dunkel. Noch einmal streckte er Anna die Hand hin und sprach leise:

*»Wie freut sich des Emporschauns zum Sternheer, wer empfindet,*
*Wie gering er und wer Gott, welch ein Staub er und wer Gott,*
*Sein Gott ist! O sei dann, Gefühl*
*Der Entzückung, wenn auch ich sterbe, mit mir!«*

Damit ging er. Wir sahen ins Feuer und schwiegen. Wir fragten nichts, denn es gab keine Antworten. Wir sagten nicht einmal gute Nacht, als Anna und ich die Freunde verließen. Langsam wanderten wir durch die leeren Straßen; jeder war mit seinen eigenen Gedanken beschäftigt.

Ein Sprengwagen kam vorüber und fraß den Schmutz des Tages von der Straße. Wasser sprühte auf den Gehweg. Große Bürsten säuberten die Stadt für den Tag. Wir sprangen zur Seite, um nicht naß zu werden.

Anna brach das Schweigen und lachte.

»Die Bürsten essen Straßendreck zum Frühstück.«

Ich sprang eine Treppe hinauf und deklamierte von oben herunter:

*»Oh, du Ausgeburt der Hölle!*
*Soll das ganze Haus ersaufen?*
*Seh ich über jede Schwelle*
*Doch schon Wasserströme laufen.*
*Ein verruchter Besen,*
*Der nicht hören will!*
*Stock, der du gewesen,*
*Steh doch wieder still!«*

Die Anna-Prinzessin tanzte den Besentanz, und in einiger Entfernung erschien ein Polizist. Feierlich rief ich ihm zu:

*»Sei deine Absicht ruchlos oder liebreich,*
*Du kommst in so leutseliger Gestalt,*
*Daß ich dich sprechen muß. Ich nenn' dich Hamlet,*
*Fürst, Vater, Dänenkönig: gib mir Antwort!«*

»Seid ihr besoffen?« fragte der Polizist und kam interessiert näher. Wir lachten und rannten hinter dem Sprengwagen her. Wir sprangen durch den Sprühregen und waren atemlos vor Vergnügen.

»Guck mal, kennst du die Fahrer von dem Wagen? Sie heißen Mottenloch und Hundedreck!« schrie ich.

»Gar nicht wahr«, quietschte Anna, »das sind doch Spinnebein und Ochsenschwanz.«

Wir waren völlig naß. Der Fahrer drehte die Brause ab, hielt an und stieg aus.

»Ochsenschwanz, Ochsenschwanz!« schrien wir und konnten uns vor Lachen nicht halten. Von der anderen Seite näherte sich Hamlets Gespenst in Gestalt des Polizisten. Wir sausten kreischend die Straße entlang und hielten erschöpft in sicherer Entfernung. Hamlets Geist und Ochsenschwanz sahen uns nach und sprachen miteinander. Wer weiß worüber? Wahrscheinlich schimpften sie über die mißratene Jugend.

Wir rannten weiter bis zum Deich und setzten uns auf ein Geländer. Dort frühstückten wir Wurstbrote, die wir am Abend zuvor eingepackt hatten. Auf dem Fluß war Frühmorgenbetrieb, Lastkähne und Schlepper zogen vorbei.

Anna sprang auf den Weg und begann ein endloses Hinkepinke auf den Steinplatten. Nach dreißig Metern wandte sie sich um und kam zurück.

»Hallo, Fynn«, sagte sie und drehte sich wie ein Kreisel.

»Hallo, Anna«, sagte ich. Sie sprang wieder davon, ein Gummiball aus lauter Freude.

»Fynn, gibst du mir mal die Kreide?«

Es war meine Aufgabe, ständig Annas Buntstifte bei mir zu haben. Ich gab sie ihr.

Sie kniete auf dem Straßenpflaster und malte einen großen roten Kreis auf die Steine.

»Stell dir vor, das bin ich«, sagte sie.

Dann malte sie lauter Punkte außen um den Kreis herum und etwa die gleiche Anzahl in den Kreis hinein. Ich sah interessiert zu.

»Ich erklär es dir«, sagte sie. »Guck mal den Baum dort an. Für den Baum hab ich hier draußen den Punkt gemacht. Und hier innen in dem Kreis ist noch mal derselbe Punkt, und das ist auch ein Baum, also der Baum in mir. Er ist in mir drin. In meiner Mitte.«

»Ich glaub, das hab ich schon mal gehört«, murmelte ich.

»Und das da«, fuhr sie fort und malte noch einen Punkt innerhalb des Kreises, »das ist ein fliegender Elefant. Aber wo ist der fliegende Elefant außen? Fynn, sag mal?«

»Es gibt keine fliegenden Elefanten, und deshalb kannst du keinen außen malen«, erklärte ich.

»Richtig. Aber wie kommt dann ein fliegender Elefant in meinen Kopf rein?« Sie setzte sich auf die Fersen und starrte mich an.

»Wie etwas in deinen Kopf hineinkommt, weiß ich nicht, aber der fliegende Elefant ist pure Einbildung und keine Tatsache.«

»Und meine Einbildung ist keine Tatsache, Fynn?« Sie legte zweifelnd den Kopf schief.

»Klar, natürlich ist deine Einbildung eine Tatsache, aber was sich daraus ergibt, ist keine, ich meine, keine Realität.« Schon wieder gab es gewundene Erklärungen.

»Ja, aber wie kam der Elefant dann in meine Einbildung hinein?«

Sie klopfte mit der Kreide in den Kreis. »Wie

kommt das, wenn draußen nichts ist? Wo kommt die Einbildung her?«

Ich war dankbar, daß Anna nicht sogleich eine Antwort verlangte. Sie war in voller Fahrt und redete weiter. »Da gibt's auch 'ne ganze Menge Sachen außen, die wieder nicht innen, also nicht in mir drin sind, verstehst du, Fynn?«

Sie kniete wieder und malte weiter. »Fynn, gefällt dir mein Bild?«

»Sehr. Es gefällt mir verdammt gut.«

Sie deutete mit dem kreideverschmierten Finger auf den Mittelpunkt des Kreises und sagte leise: »Manchmal weiß ich nicht, ob ich eingesperrt bin oder ausgesperrt.«

Wir saßen beide auf dem Pflaster und malten »außen« und »innen«. Plötzlich standen zwei blanke Stiefel in unserer Malerei, und eine Stimme sagte: »Ist das hier nicht Hamlet und seine kleine Freundin?«

Ich sah auf. Es war der Polizist.

»Habt ihr kein Bett? Warum seid ihr nicht zu Haus? Und was soll die Schmiererei?«

»Wir haben ein Bett«, erläuterte ich, »aber wir mögen jetzt nicht schlafen.«

»Und das ist keine Schmiererei«, sagte Anna, »das ist ein Bild, Herr Polizist.«

»Und was bedeutet es?« fragte er.

»Es bedeutet Mister Gott. Der Kreis hier, das bin ich, und alles, was in mir drin ist, sind diese Punkte. Und die anderen Punkte bedeuten alles, was noch nicht in mir drin ist. Und alles zusammen ist Mister Gott!«

»Aha«, sagte der Polizist. »Trotzdem darf man nicht aufs Pflaster malen.«

Er vertrat zweifellos das Gesetz, nur Anna gehorchte einem ganz anderen.

»Dieser Punkt hier außen«, sagte sie, »das sind Sie, Herr Polizist. Und der hier innen, das sind Sie auch, in mir drin, so wie ich mir einen Polizisten vorstelle. Nicht wahr, Fynn?«

»Klar. Genauso ist es, selbstverständlich«, erklärte ich.

Der Polizist schaute noch einmal hin und sagte noch einmal: »Aha!« Dann sah er mich an und zog die Augenbrauen hoch. Ich zuckte mit den Achseln. Er deutete auf einen dicken grünen Punkt außerhalb des Kreises und fragte:

»Weißt du, was das für ein Punkt ist? Das ist der Oberwachtmeister Miller, und der kommt hier in fünf Minuten wieder vorbei. Und wenn das Pflaster bis dahin nicht sauber ist, dann kommst du hier rein.« Sein Stiefel beschrieb einen Kreis. »Und weißt du, was der Kreis bedeutet? Der bedeutet das Polizeigefängnis!«

Sein breites Lächeln strafte seine grollende Stimme Lügen.

Anna griff nach meinem Taschentuch und wischte das Gemälde weg. Sie stand auf und klopfte sich den Kreidestaub vom Kleid.

»Herr Polizist«, fragte sie, »arbeiten Sie immer hier?«

»Meistens.«

Anna nahm ihn bei der Hand und zog ihn zum Fluß hinüber. »Herr Polizist, ist der Fluß das Wasser, oder ist der Fluß das Loch, in dem das Wasser drin läuft?«

Der Polizist schaute sie einen Moment lang schweigend an, dann antwortete er: »Das Wasser natürlich. Es gibt keinen Fluß ohne Wasser!«

»Oh«, sagte Anna verwundert, »das ist komisch. Wenn es nämlich in den Fluß reinregnet, dann ist das Regenwasser kein Fluß, es heißt also erst Fluß, wenn das Regenwasser in dem großen großen Loch fließt. Warum ist das so, Herr Polizist?«

Er sah mich an. »Nimmt sie mich auf den Arm?«

»Sie haben's gut«, sagte ich. »Bei mir geht das den ganzen Tag so.«

Der Polizist hatte endgültig genug. »Also los ihr zwei, ab nach Haus, oder ich mach euch Beine. Und noch was: Ihr lauft besser die andere Straße runter.« Er wies mit dem Finger in eine Richtung. »Aus dieser Straße hier kommen nämlich gleich Spinnebein und Ochsenschwanz. Kapiert? Wenn die euch sehen, kann sein, die hauen euch den Hintern voll.« Er gluckste lachend vor sich hin und war mit sich zufrieden.

»Spaß was?« murmelte ich. »Die ganze Welt ist voll Spaß. Prima Arbeit übrigens, Fratz, das mit dem Fluß. Gut nachgedacht.«

»Oh«, sagte sie, »das ist ja noch nicht fertig. Weißt du, von wo ab etwas ein Fluß ist und von wo ab es wieder aufhört? Gibt es da irgendwo einen Punkt, Fynn?«

Rübezahl hatte recht. Der Tag schärfte den Verstand, aber die Nacht schulte die Phantasie. Wehe, wenn beides frühmorgens um sechs zusammentraf.

Ich verstand allmählich, weshalb die meisten Leute während der Nacht schliefen. Es war einfacher. Sehr viel einfacher.

# 27
# *Roter Mohn*

Es geschah an einem schönen sonnigen Tag. Die Straße war erfüllt von Kinderlärm, als plötzlich meine Welt zusammenbrach.

Ein Schrei tötete das Gelächter. Es war Jackie. Sie rannte auf mich zu. Ihr Gesicht war weiß vor Angst und Schrecken.

»Fynn«, rief sie, »oh Gott! Fynn, Anna! Sie ist tot. Sie ist bestimmt tot.«

Eiswasser rann mir den Rücken hinunter. Ich rannte die Straße entlang. Da hing Anna quer über einem Zaun. Ihre Finger griffen kraftlos nach einem Halt. Ich hob sie herunter und wiegte sie in meinen Armen. Schmerz flackerte in ihren Augen.

»Bin vom Baum gefallen«, flüsterte sie.

»Ist gut, Fratz. Wird alles gut. Ich bin bei dir. Ich halte dich fest.«

Mir war so elend. Aus den Augenwinkeln sah ich etwas, das mich noch mehr erschreckte als das Kind in meinen Armen. Bei Ihrem Sturz hatte Anna ein Stück von jenem schmiedeeisernen Geländer abgebrochen. Noch vor zwei Jahren hatte niemand so ein ähnliches Stück beachten wollen. Jetzt sah jeder dieses Eisenstück. Jeder sah die kristalline Bruchstelle, und sie war rot vor Scham. Rot wie Blut.

Ich trug Anna nach Haus und legte sie vorsichtig aufs Bett. Der Arzt kam, verband sie und ließ mich mit ihr allein. Ich hielt ihre kleinen Hände und schaute in ihr Gesicht, das sich schmerzlich verzog. Dann versuchte sie ein Lächeln. Das Lächeln gewann. Die Schmerzen versteckten sich. Dank Gott, sie wird gesund werden. Dank, Mister Gott!

»Fynn, wie geht es der Prinzessin?« flüsterte Anna.

»Es geht ihr gut«, antwortete ich, aber ich wußte nicht, ob es stimmte.

»Sie saß auf einem Baum und konnte nicht wieder runter. Ich bin ausgerutscht.«

»Es geht ihr gut.«

»Sie hatte Angst, soviel Angst. Sie ist doch bloß ein Kind.«

»Es geht ihr gut. Ruh dich aus. Ich bleib bei ihr. Hab keine Angst«, sagte ich.

»Ich hab keine Angst, Fynn. Kein bißchen.«

»Schlaf, Fratz. Schlaf ein bißchen. Ich bleib bei dir.«

Sie schloß die Augen und schlief ein. Es wird alles gut werden, es wird alles gut werden, es wird alles gut werden. Tief innen wußte ich es.

Zwei Tage hielt dieses beruhigende Gefühl an und vertrieb mir die Furcht. Ihr Lächeln und ihre Erzählungen von Mister Gott machten mich sicher. Meine Beklemmungen lösten sich.

Ich sah aus dem Fenster, als sie rief.

»Fynn?«

»Hier, Fratz. Was möchtest du?« Ich wandte mich zu ihr.

»Fynn, es ist so komisch. Es kehrt sich alles von innen nach außen.« Auf ihrem Gesicht malte sich Staunen. Eine Faust preßte mir das Herz zusammen. Ich dachte an Oma Harding.

»Fratz!« Meine Stimme war viel zu laut. »Fratz! Sieh mich an.«

Ihre Augen flackerten, als sie lächelte.

Ich stürzte zum Fenster, riß es auf. Cory war draußen.

»Schnell, hol den Arzt!«

Cory nickte und raste davon. Plötzlich wußte ich Bescheid. Ich ging zurück an Annas Bett. Es war keine Zeit zum Weinen. Es war niemals Zeit zum Weinen. Kalte Angst saß in meinem Herzen. Ich hielt ihre Hand. Ich dachte, ich bat, ich betete, ich beschwor Mister Gott.

»Fynn«, flüsterte sie, und wieder lief ein Lächeln über ihr Gesicht. »Fynn, ich hab dich lieb!«

»Ich dich auch, Fratz.«

»Fynn, ich wette, Mister Gott läßt mich dafür in sein Himmel rein.«

»Ich wette, er wartet persönlich auf dich am Tor.«

Ich wollte noch viel mehr sagen, aber sie hörte nicht mehr zu.

Die Tage brannten nieder wie große Kerzen. Die Zeit schmolz und gerann zu nutzlosen, häßlichen Klumpen.

Zwei Tage nach Annas Begräbnis fand ich eine Schachtel, in der sie Samenkörner gesammelt hatte. Das gab mir Arbeit. Ich ging zum Friedhof und stand dort eine Weile herum. Wäre ich ihr nur näher gewesen, hätte ich nur mehr von ihr gewußt. Hätte ich ... hätte ich ... Ich streute die Körner auf die frisch aufgeworfene Erde und warf die Schachtel fort.

Ich wollte Mister Gott hassen, wollte ihn aus meinem Leben werfen. Aber er ließ sich nicht verscheuchen. Er wurde realer als je zuvor. Ich konnte nicht hassen, höchstens verachten. Gott war ein Idiot, ein Dummkopf, ein Kretin. Er hätte Anna retten können; warum hatte er es nicht getan? Er ließ es einfach geschehen, und es war die unsinnigste Sache der Welt. Dieses Kind ... es war noch nicht acht Jahre alt. Gerade als es ... ach, zum Teufel.

Ich lebte weiter. Die Jahre vergingen. Manchmal zog der Geruch eines Holzkohlenfeuers durch meine Phantasie. Rübezahl, Knast-Willi, die verrückte Lilly, Anna und ich. Irgendwann geschah etwas, und ich weinte. Ich weinte zum ersten Mal nach Jahren. Ich ging aus an jenem Abend und blieb die Nacht lang draußen. Wolken segelten. Vielleicht stimmte mein Kummer nicht? Vielleicht war Annas Leben vollendet gewesen? Vielleicht war alles gar nicht sinnlos, kein idiotischer Zufall?

Am nächsten Tag ging ich zum Friedhof. Ich wußte, daß es nur ein kleines Holzkreuz gab und keinen Grabstein. Ich fand es erst nach einer Stunde. Ich atmete tief. Das Kreuz stand ein wenig schief, als sei es betrunken. Die Farbe blätterte ab. Der Name war noch leserlich: ANNA

Ich wollte lachen, aber man lacht nicht auf einem Friedhof. Aber ich mußte lachen. Ich lachte, bis mir die Tränen über das Gesicht liefen. Ich zerrte das Kreuz heraus und warf es in ein Gebüsch.

»Also gut, Mister Gott«, lachte ich. »Du hast mich überzeugt. Guter alter Mister Gott. Du bist manchmal ein bißchen langsam, aber irgendwann kommt alles in Ordnung.«

Auf Annas Grab wuchs ein Teppich von blutrotem Mohn. Im Hintergrund standen Lupinen. Die Bäume redeten miteinander die Baumsprache. Anna war zu Hause. Sie brauchte keinen Grabstein. Eine Tonne feinsten Marmors würde diesen Platz nicht schöner machen. Ich blieb eine Weile stehen, und nach fünf Jahren sagte ich Anna zum ersten Mal: »Auf Wiedersehen.«

Auf dem Rückweg kam ich an dem großen Marmorengel vorbei. Er versuchte noch immer, seine marmornen Blumen auf das marmorne Grab zu legen.

»He du«, sagte ich zu ihm, »gib's auf. Du schaffst das nie.«

Die eisernen Pforten öffneten sich. Ich sagte: »Die Antwort heißt ›in mir drin, ganz in der Mitte‹.«

Und ein kurzer Schreck überfiel mich, als ich Anna sagen hörte:

»Und auf welche Frage ist das die Antwort, Fynn?«

»Das ist leicht. Die Frage heißt ›Wo ist Anna?‹«

Ich hatte sie wiedergefunden. Und ich war sicher, irgendwo saßen Mister Gott und Anna nebeneinander und lachten.

## *Wenn ich sterbe . . .*

von Anna

*Wenn ich sterbe,*
*Dann tu ich das selber.*
*Niemand tut es für mich.*
*Wenn es so weit ist,*
*Dann sag ich:*
*»Fynn, stell mich hin.«*
*Und dann guck ich rum.*
*Und dann lach ich.*
*Dann fall ich hin*
*Und bin tot.*

# *Anna schreibt an Mister Gott*

Neues von Anna
über Gott und den Lauf der Welt

## 1
## *Was Anna uns noch sagen wollte*

Es gab eine Zeit, da war ich ziemlich sicher, ich hätte wirklich alles über Anna erzählt. Das war, als sie noch ganz nahe bei mir war und jedes ihrer Worte in meinem Herzen so lebendig, daß es mich ganz erfüllte. Dann aber, viel, viel später, merkte ich, daß Annas Geschichte noch längst nicht zu Ende erzählt war. Sie hatte mir ja ein Vermächtnis hinterlassen: eine Anzahl Schuhkartons, bis zum Rand gefüllt mit Seiten aus Schulheften, Zetteln und Papierfetzen, vollgekritzelt mit dem, was sie ihre »Notizien« zu nennen pflegte – und diesen Schatz galt es noch zu heben. Es war allerdings alles andere als eine einfache Arbeit, denn Anna hatte nicht nur über die großen Geheimnisse des Lebens nachgedacht, sondern ihre Erkenntnisse zum Teil auch in einem geheimnisvollen, selbsterfundenen Alphabet niedergeschrieben. Es dauerte Jahre, bis ich Annas »literarischen Nachlaß« entziffern und behutsam in eine für unsereins verständliche Sprache übertragen konnte.

Hier ist nun das Ergebnis: Annas Mitteilungen an Mister Gott, an uns und die Welt, so originalgetreu wie möglich. Ein paar Erläuterungen habe ich aus der Erinnerung dazugegeben – soweit man Anna erläutern muß oder erklären kann. Denn so ganz genau weiß ja ich selbst bis heute nicht, wer sie wirklich war und wieso sie sich gerade mich ausgesucht hatte, um die Erinnerung an ihr kurzes Leben wachzuhalten.

Anna und ich, wir waren uns in einer nebligen Novembernacht an den Docks des Londoner East End begegnet. Ich lief damals in solchen dunklen Nächten gern draußen herum, weil man absolut nichts sah außer sich selbst, und das war eine ideale Voraussetzung, um über schwerwiegende Probleme nachzudenken. Und wer behauptet, ein Neunzehnjähriger, wie ich es damals war, habe keine schwerwiegenden Probleme, der irrt sich gewaltig!

Damals war es nicht allzu ungewöhnlich, so spät in der Nacht und bei solchem Wetter ein kleines Mädchen allein auf der Straße zu treffen, denn Londons East End ist ein überbevölkertes Armeleuteviertel, und da konnte es schon mal passieren, daß Eltern es mit der Vollzähligkeit ihrer großen Kinderschar nicht so genau nahmen. Ungewöhnlich war nur Anna selbst, und das blieb sie, vom ersten Augenblick unserer ersten Begegnung bis zum letzten Moment unserer wunderlichen Freundschaft. Noch ungewöhnlicher aber war, was sie sagte, was sie für sich behielt, was sie dachte und was sie aufschrieb. Das heißt, bevor sie richtig schreiben konnte, mußte ich das für sie tun.

Ich nahm Anna mit nach Hause zu meiner Mutter, weil sie unbedingt in eine warme Ecke wollte, und nachdem sie sich den Schmutz von Gesicht und Händen gewaschen hatte, bemerkte ich erst, was für ein hübsches Kind sie war. Mit ihren roten Haaren und den vorwitzigen Sommersprossen auf der Stupsnase sah sie trotz aller Verfrorenheit und Verlassenheit eigentlich wie ein sehr vergnügtes kleines Mädchen aus. Aber als ich ihr das sagte, antwortete sie: »Das ist nur von draußen.« Und das war die erste der vielen typischen Anna-Antworten, an die ich mich gewöhnen mußte.

Ich brauchte eine ganze Weile, bis ich Anna auch »von drinnen« kennenlernte und verstand. Wie die Menschen – aber auch die Dinge – von drinnen sind, nur das interessierte sie und ließ sie gelten, und sie erkannte dabei auch sofort, worauf es ankam. Woher sie dieses Interesse hatte und ob sie von ganz allein draufgekommen war, das habe ich nie herausfinden können, obwohl ich nie aufgehört habe, darüber nachzudenken. Jedenfalls füllte die unermüdliche Erforschung der »Drinnenseite« von Menschen und Dingen ihr ganzes kurzes Leben.

Zuerst war es ja ziemlich irritierend für mich, von Anna zu erfahren, daß ein Bild auch »innen schön« ist und der liebe Gott nicht einfach eine erhabene Vorstellung, sondern ein »Mister Gott«, mit dem man genauso reden konnte wie mit einem Nachbarn, nur daß er eben noch mehr aus innen besteht als sonst irgend jemand. Ich mußte mich damit abfinden, daß Anna mehr sah, hörte, roch, fühlte als ich und alle anderen Leute, die ich kannte. Daß sie Mister Gott in allem und jedem sah – in einer Blume, einem Stern, einem Baum –, dem konnte unsereins ja noch leicht folgen. Aber für Anna war er eben auch in einer U-Bahn-Fahrkarte, in einer Rechenaufgabe und sogar im Schmutz unter ihren Fingernägeln »drin«. Da wurde es schon wesentlich schwieriger. Und vor allem, wie konnte man da noch von ihr verlangen, daß sie sich die Hände bürstete!

Was immer Anna für wichtig hielt, mußte zu Papier gebracht werden. Erst dann war es »sicher«, erst dann »exerstierte« es und löste sich nicht gleich wieder auf. Also machte sie sich verbissen daran, möglichst rasch schreiben zu lernen, damit sie ihre Gedankenflüge selbst auf Papier festhalten konnte. Natürlich auf ihre Art, die für gewöhnliche Sterbliche nicht immer ganz einfach zu übersetzen war. Aber ich lernte es schnell, dafür sorgte der Fratz schon.

Wie alle Kinder mochte auch Anna es sehr, wenn man ihr Geschichten vorlas. Aber noch lieber erzählte sie selbst welche, und wenn ich ihr *eine* vorlas, revanchierte sie sich gleich mit zwei oder drei, die sie erzählte. Und weil meine aus einem Buch stammten, mußten ihre natürlich auch in eins – oder zumindest in ein Heft. So entstanden Annas erste »Notizien«. Jede Geschichte kam auf eine Extraseite, obwohl sie nicht gerade lang waren, oft nur aus ein paar Wörtern bestanden, die eher einem geheimnisvollen Zauberspruch glichen als einer Geschichte.

Irgendwie spürte Anna wohl selbst, daß ihre literarischen Werke ein bißchen arg durcheinanderliefen, denn sie ordnete den sich rapide vergrößernden Haufen von Blättern immer wieder neu – allerdings nach Gesichtspunkten oder Gedankengängen, die mir lange rätselhaft blieben. Richtig lesen konnte sie das Geschriebene oft nicht, aber sie behauptete, trotzdem genau zu wissen, was da stand. Sie hatte wohl auch ihr eigenes System entwickelt, ihre »Notizien« wiederzuerkennen; jedenfalls sortierte sie die Blätter mal nach der Zahl der Zeilen, mal nach der Farbe der Schrift, mal nach der Größe. Meistens war sie danach ganz zufrieden mit sich.

Eines Tages wurde mir endlich klar, worin Annas spezielle Begabung bestand. Es war eine eher unspektakuläre, aber seltene und wunderbare Gabe: Sie konnte *warten*. Warten auf den richtigen Zeitpunkt, an dem eine Sache »ganz fertig war, wie um zu essen« – egal, ob es sich nun um einen Kuchen oder eine aus vielen einzelnen »Notizien« zusammengesetzte Geschichte handelte. Sie sprudelte ihre Gedanken heraus, wie sie ihr gerade in den Sinn kamen, hob sie dann aber sorgfältig für später auf. Wie ein Hamster legte sie sich einen Vorrat für kommende, vielleicht nicht mehr so fruchtbare Zeiten an. Und so bewahrte sie diese Schätze in alten Schuhkartons auf, an die sie niemand heranließ, auch mich nicht, aus Furcht, die mysteriöse Ordnung ihrer Zettel könnte durcheinandergeraten. Bis in den Schlaf quälte sie diese Angst, denn manchmal sagte sie am Morgen: »Heut nacht sind alle meine Wörter in die Luft geflogen, und wie sie wieder runtergekommen sind, da haben sie was ganz andres bedeutet als vorher und gar nix Schönes mehr.«

»Schön«, das war ein Schlüsselwort für Anna. Wobei ihr so ausgeprägtes Bedürfnis nach Schönem wohl ganz »von drinnen« kommen mußte. Denn in den ersten Jahren ihres kleinen Lebens im verdreckten Londoner East End war ihr bestimmt nicht viel Schönes begegnet. Aber Anna schuf sich eben das Schöne auch aus dem Nicht-Schönen und kriegte es fertig, aus Dreck Gold zu machen. Ganz für sich allein.

Die Suche nach dem Schönen, das war etwas, was Anna und mich zusammenbrachte. Das heißt, ich suchte – und sie fand! Für mich waren bis dahin immer Zahlen das Schönste gewesen. Mathematik war mein Hobby und mein Lebensinhalt. Ich brauchte Rechenaufgaben wie andere Leute Essen und Trinken. Mein alter Mathematiklehrer hat mal zu mir gesagt: »Mathematik ist die Beschäftigung mit der reinen Schönheit.«

Anna sah das offenbar auch so, und durch sie erkannte ich erst den tieferen Sinn von beidem, von Schönheit und von Mathematik. Zwar nahm sie es mit den Zahlen nicht so genau und verwendete sie auch nicht unbedingt im arithmetischen Sinn. Für sie waren es vor allem schön geformte und schön klingende Symbole. Aber man konnte damit so viel ausdrücken. »Ich hab dich dreitausendfünfhundertachtundzwanzigmal mehr lieb als alle anderen«, erklärte sie. Und das sagt ja doch tatsächlich viel mehr aus und klingt viel schöner als einfach »Ich mag dich lieber als alle anderen«. Außerdem konnte man auch neue Zahlen erfinden, wie etwa Annas ganz besondere, heißgeliebte und unendlich große Lieblingszahl »Squillion«.

Annas Lebensmotor war Wissensdurst, die Begierde zu begreifen und das Begriffene festzuhalten. Sie wollte Erkenntnisse schwarz auf weiß vor sich sehen. Als sie anfing, ihre Erkenntnisse nicht nur mir mitzuteilen, sondern per Brief auch Mister Gott, nahm ihr »literarisches Werk« bedrohliche Ausmaße an. Immer wenn es im Haus ganz besonders still wurde, war Anna im brieflichen Gespräch mit Mister Gott. Sie brachte mir jedes Blatt zum Lesen, und wir diskutierten den Inhalt. Dann aber nahm sie den Brief still wieder an sich, ging und legte ihn sorgfältig zu ihrer Sammlung. Manches von dem, was sie aufschrieb, mochte auf jemand, der Anna nicht näher kannte, altklug oder naseweis wirken. Irgendwann hatte sie wohl auch mal jemanden etwas in der Richtung sagen hören. Das ärgerte sie zwar, aber sie fand dann auch gleich die passende Antwort: »Wenn's richtig ist, dann isses doch egal, ob ich jung bin oder alt, und wenn's falsch ist, dann kannst du ja einfach drüber lachen.«

Als ich sie einmal auf das bestürzende Anwachsen ihres »Notizien«-Berges hinwies und sie fragte, was sie eigentlich mit den vielen Aufzeichnungen vorhabe, meinte sie:

»Das ist ja nich für jetzt, das ist für später mal.«

»Wer soll denn das alles lesen?«

»Du natürlich und Mister Gott.«

»Da mutest du Mister Gott aber ein bißchen viel zu. Wetten, daß der Wichtigeres zu tun hat?«

»Wirste schon sehn«, antwortete Anna darauf. »Aber das is ganz einfach. Wenn ich gewinne, heben wir alles auf. Wenn du gewinnst, schmeißte eben alles weg.«

Ich habe alles aufgehoben ...

In den Jahren, die Anna bei uns verbrachte, habe ich gelernt, den Menschen und die Schöpfung aus ihrer Perspektive zu sehen. Anfangs lebten wir in verschiedenen Welten und sprachen verschiedene Sprachen. Dann aber gelang es Anna, mich zu überzeugen, daß ihre Welt und ihre Sprache den Sinn ergaben, nach dem ich so lange gesucht hatte. Und so fiel es mir leicht, in ihre Welt hinüberzuwechseln, mit ihren Augen zu sehen und ihre Sprache zu lernen.

Ich habe es nicht bereut.

## 2

## *Ich hab die ganze Welt in der Tasche*

Anna ging zwar tapfer in den Gottesdienst und in die Sonntagsschule, aber ziemlich ungern. Das hatte einen guten Grund. Was da gelehrt und gesagt wurde, fand Anna nämlich »viel zu weit weg von Mister Gott«. Daß sie ihn sich gleichzeitig als allmächtigen Schöpfer, als Quell unendlicher Liebe und als gerechten Richter unserer Missetaten vorstellen sollte, behagte ihr nicht. Für sie war Gott nicht »so hoch oben wie ein König, wo Polizisten vor seiner Tür stehn«, sondern jemand, der immer da ist und mit sich reden läßt, wenn man ihn sprechen möchte.

Was Anna in der Kirche am meisten gefiel, war der schöne Mosaikboden. An seinem Muster konnte sie sich nicht satt sehen, während die Worte des Pfarrers durch das Kirchenschiff hallten. »Da kitzelt es mich überall«, flüsterte sie mir zu. »Und wenn's einen überall kitzelt, dann ist Mister Gott ganz nah.« Kitzeln aber tat sie der gemusterte Kirchenboden und nicht etwa die donnernde Predigt des Pfarrers.

Im übrigen beschäftigte Anna bei ihren Kirchenbesuchen am meisten, daß da so viele Leute waren, die auf ein Wunder zu warten schienen. Anna konnte geduldig warten, davon habe ich schon gesprochen. Aber auf Wunder brauchte sie nicht zu warten. Nein, die erlebte sie ja überall und jeden Tag. Für Anna war die ganze Welt ein einziges Wunder, und das allergrößte Wunder war, daß sie in dieser Welt lebte.

Es gab jedoch auch was, das ihr nicht ganz so wunderbar vorkam. Und darüber schrieb sie ihren ersten Brief an Mister Gott.

Lieber Mister Gott!
Heut schreib ich Dir, was ich zu Fynn gesagt hab über Dich, aber der hat gesagt, schreib's ihm doch selbst. Ich glaub, der hat Angst, daß Du böse wirst, und er will keinen Ärger mit Dir.
Auch nicht mit dem Pfarrer.
Also: Furchtbar gern geh ich nicht in die Kirche, hab ich zu Fynn gesagt. Woher weißt du denn, ob Mister Gott da drin ist? Er *kann* drin sein, aber er muß nicht. Nur wenn wir ihn mit reinnehmen, dann ist er bestimmt drin. Ich würd ja an Mister Gott seine Stelle von allein auch nicht kommen. Ich würd immer warten, daß mich die Leute mitnehmen. Er ist ja auch gar nicht schwer, weil im Herz drin, da ist er so leicht wie eine Feder. Hab ich zu Fynn gesagt. Findest Du das schlimm?
Ich geh auch nicht gern in die Kirche, weil die Leute da so traurige Lieder singen. Die machen aus Dir einen, der immer schimpft, wie so ein Rechenlehrer, wenn man die Schulaufgaben nicht gemacht hat. Und dabei bist Du doch sehr lustig, find ich, und ganz riesig nett.

Ich finde, Fynn, der sieht ein bißchen wie Du aus. Aber natürlich nur wie Du in winzig klein, weil Du doch hundertmal so groß und noch hundertmal netter und viel stärker bist. Dafür, wie riesengroß Du bist, da gibt es ja gar keine Zahl.
Die Leute sagen, Du bist so was wie ein König. Nur, wenn ein König in unsere Straße kommt, dann weiß der bestimmt nicht, wo ich wohne. Aber ich glaub, Du weißt das. Du hast keine Krone auf'm Kopf, dafür kennst Du jeden ganz genau. Sogar den Leberfleck auf meiner Backe kennst Du, wetten? Und wenn ich die Hände nicht gewaschen hab, weißt Du das bestimmt auch. So genau guckst Du Dir jeden an. Ein König würd nie so genau hingucken. Die Arbeit macht der sich nicht. Nur Du machst Dir mit mir so viel Arbeit …

Anna teilte Zahlen in Menschenzahlen und Gottzahlen ein. Menschenzahlen konnte man leicht verstehen, und es ließ sich auch relativ leicht damit rechnen. Gottzahlen dagegen konnte man zwar rein akustisch ganz gut verstehen, aber es war meist unmöglich, mit ihnen zu rechnen.

Anna spielte nur selten mit Dingen, die man als normales Spielzeug betrachten würde. Die Ausnahme davon machten ihre Lumpenpuppen, ihre Farbstifte und meine alte Eisenbahn. Die bestand aus einer Lokomotive, einem Kohlentender und acht Wagen. Ungefähr eine Woche lang spielte Anna eifrig damit, dann tat sie sie wieder in die dazugehörige Kiste.

Und genau da begannen die Gottzahlen in Erscheinung zu treten. Anna fragte: »Wieviel anders kann ich die Lokomotive, den Kohlentender und die Wagen zusammentun?« Ich erklärte ihr, wie sie die Antwort darauf finden konnte. Was sich als wesentlich komplizierter herausstellte, als sie erwartet hatte. Also sollte ich ihr das ausrechnen. Das Ergebnis lautete: drei Millionen sechshundertachtundzwanzigtausendachthundertmal.

Anna war hell begeistert. Sie konnte die Zahl gar nicht oft genug hören und erklärte sie zu einer »Gottzahl«. Damit wollte sie ihren Respekt vor der enorm hohen Größe ausdrücken, aber wohl auch ein bißchen mehr: nämlich daß Mister Gott »so viel Verschiedenes gemacht hat und nicht so sparsam ist mit den Zahlen wie mit Butter oder Schinken«.

Ich hatte Anna ein Blasrohr gebastelt. Damit ließen sich herrliche Ketten von Seifenblasen erzeugen – schillernde Kugeln, denen die Kinder nachjagten und die sie mit Händen oder Stöcken zum Platzen brachten. Die Kinder entdeckten in den Seifenblasen alle Farben des Regenbogens. Anna aber sah auch, wie sich die Umwelt darin spiegelte. Um ihr besser erklären zu können, wie diese Spiegelung zustande kommt, besorgte ich eine der gläsernen Zierkugeln, wie man sie manchmal in Gärten findet. Die silbrig glänzende Kugel hatte einen Durchmesser von etwa fünfzehn Zentimetern. Anna entdeckte schnell, daß die Spiegelbilder in der Kugelrundung »zermantscht« aussahen, daß sie um die Rundung herumzulaufen schienen und man trotzdem nie die Fortsetzung auf der anderen Seite sehen konnte. Die Kugel schien durchsichtig, war es jedoch nicht. Für Anna ein Zeichen dafür, daß auch unsere kugelige Welt eine Seifenblase ist und Mister Gott sie durch ein großes Blasrohr zusammen mit unzähligen anderen Weltkugeln entstehen ließ.

All ihre aus Gartenkugeln, Seifenblasen, Christbaumschmuck, Murmeln und Glasperlen gewonnenen Erkenntnisse mixte Anna zu einem Spiegelkosmos zusammen. Für sie war es sonnenklar, daß sich alles, was Gott geschaffen hatte, in einer winzigen Glasperle spiegeln konnte. Seitdem trug sie ständig eine Perle oder Murmel bei sich. »Da hab ich doch die ganze Welt in der Tasche«, erklärte sie mir, »und Mister Gott noch dazu.«

## 3
## *Mister Gott sieht nicht aus*

Lieber Mister Gott!
Am Sonntag bin ich nicht in die Kirche gegangen, sondern lieber mit Fynn in den Wald gefahren. Aber das weißt Du ja schon, weil Du mit warst. Und hast Du auch gehört, was Fynn mir in der U-Bahn von Dir erzählt hat? Hat Dich das gefreut? Hört doch jeder gern, wenn man von ihm redet, oder? An der Endstation bist Du sicher nur mit uns ausgestiegen, weil Du hören wolltest, wie's weiterging. Kannste ruhig zugeben. Und im Wald bist Du dann immer zwischen mir und Fynn gegangen. Ich glaub, Dir geht's genau wie mir: Im Wald findest Du's auch viel schöner als inner Kirche.
Lieber Mister Gott, warum machen Dich die Leute in der Kirche immer so schrecklich groß, daß man vor Dir Angst kriegt? Im Wald mit uns, da warst Du doch auch nur so groß, daß Du mit uns spazierengehen konntest. Und wie wir dann so viel von Dir geredet haben, da warst Du wieder so klein, daß Du in mein Herz Platz hast. Und wenn Du da richtig drin bist, dann kann ich Dich auch gar nie mehr verlieren, nicht wie neulich den ollen Schlüssel, wo Fynn dann so geschimpft hat.

Hast Du im Wald auch die Kaninchen gesehen, und die Dachse und das lebendige Reh und das tote? Aber Menschen waren nicht da. Die waren alle in der Kneipe, sagt Fynn. Bei dem toten Reh hab ich ein bißchen geheult. Aber Fynn hat gesagt, ich soll wegen dem Reh nicht heulen, ich soll lieber wegen den Menschen heulen, die in der Kneipe sind statt mit Dir im Wald. Ich hab's mal versucht, aber so gut wie beim Reh ging das nicht.

Das Reh, hat Fynn gesagt, das ist ja gar keins mehr, das is nur noch ein Haufen Staub. Und der Staub wird Erde, und da wächst dann Gras drauf, und das fressen die Schafe. Ich eß dann von dem Schaf, das von dem toten Reh sein Staub gefressen hat. Und weil doch von Dir was in dem Reh drin ist, wo Du es doch gemacht hast, dann eß ich auch was von Dir und brauch nich in die Kirche, wo die Leute immer nur so 'n Stückchen von Dir kriegen. Weil, ich kann mich mal richtig satt an Dir essen ...

Daß die meisten Dinge auf Erden die Eigenschaft haben, sich in irgend etwas anderes zu verwandeln, war für Anna ein großes Problem. Aus Kaulquappen wurden Frösche, aus Raupen Schmetterlinge, aus Babys alte Leute und aus einem Reh Staub. »Jedes Ding muß ein Aussehen haben, um drin zu wohnen«, konstatierte Anna. Ich hätte ihr natürlich das Wort »Metamorphose« erklären können, aber ich tat es nicht. Wenn ein Ding sein Aussehen veränderte, so geschah das, weil Mister Gott für das

Ding eben eine andere Aufgabe hatte, fand Anna heraus. Schmetterling werden, statt immer Raupe zu bleiben, war eine schöne neue Aufgabe und deshalb ganz leicht. Dagegen war am Leben sein und dann auf einmal tot sein eine ganz schwere Aufgabe. Das wollte Anna denn doch nicht so ohne weiteres hinnehmen. Da wollte sie von Mister Gott noch Genaueres wissen, bevor sie bereit war, sich mit dieser »Änderung von mein Aussehen« abzufinden.

Lieber Mister Gott!
Ich hab Fynn gefragt, warum das Reh sein schönes Aussehen verlieren muß, bevor es in den Himmel kommt. Ich möcht nicht so gern totgehen und auseinanderfallen und riechen und nachher Staub sein und mich vom Wind in den Himmel pusten lassen. Fynn hat gesagt, von irgendwas müssen die Würmer und Mistkäfer auch leben. Und dafür sind die toten Viecher da. Mister Gott nimmt dich auch dann noch, wenn mal ein Käfer an dir geknabbert hat. Für den Himmel brauchst du nicht aussehen. Mister Gott sieht ja auch nicht aus. Sonst würde er uns mit sein Aussehen nämlich alle erdrücken. Hat Fynn gesagt. Ich glaub das auch. Die Erwachsenen wollen immer, daß Du aussiehst wie ein alter Mann mit Bart und Runzeln und so. Die wollen nicht, daß Du auch wie ein kleines Mädchen oder ein Reh aussehen kannst. Aber Mister Gott, Dir is doch egal, was die Leute über Dich sagen, oder? Du siehst eben mal so und mal so aus. Toll, wenn

man sich das so aussuchen kann. Aber deshalb bist du ja Mister Gott. Ich stell mir vor, das ist wie mit der Holzkiste, wo Fynn seine Eisenbahn drin ist, die ist doch auch mal ein Bahnhof und mal ein Tunnel und mal ein Auto oder ein Schiff, wie's mir gerade paßt. Und so wie mit der Kiste is das bei Dir auch, Mister Gott. Mal bist Du dies und mal bist Du das. Du bist eben alles zusammen und alles auf einmal. Und wenn Dich jemand grün sieht, dann bist Du eben grün, aber für jemand anders biste vielleicht rot. Und beides bist Du. Oder Du bist groß und auch klein, oder dick und wieder auch dünn. Das ist wie mit den Schneeflocken. Jede is gleich und doch ein bißchen verschieden, und alle zusammen sind eben Schnee. Und so ist es auch mit Dir, meine ich. Man kann einfach nicht sagen, Du siehst so aus oder so, weil Du eben gar nicht aussiehst. Ich finde, am besten gibt man Dir kein Aussehen und sagt nur einfach Mister Gott ...

Ich fand, es könnte nicht schaden, wenn Anna sich nicht immer nur um Mister Gott, sondern auch mal um den »Mensch an sich« ein paar Gedanken machen würde.

Also stellte ich ihr bei Vanillepudding mit Schokoladensoße die altbekannte Frage: Was ist der Mensch? und dachte: An der harten Nuß wird sie bestimmt eine Weile zu beißen haben.

Irrtum! Anna hatte das Problem im Nu gelöst.

»Was der Mensch ißt, ist mir egal«, lautete ihre Antwort. »Ich eß am liebsten Süßes. Und Mister

Gott ißt überhaupt nichts. Er hat von allem mal gekostet, und nun weiß er Bescheid, was der Mensch ißt.«

Danke, Fratz! Das war eine klare Auskunft. Von da an habe ich mir nie wieder den Kopf darüber zerbrochen, was der Mensch ist.

## 4
## *Anna schreibt eine Geschichte für Mister Gott und Fynn*

Sooft Anna über ein schwieriges Problem, sozusagen über die »ganz letzten Dinge« nachdachte oder eine andere ungeheuer wichtige Frage zu klären hatte, schrieb sie darüber eine kleine Geschichte. Und diese Geschichten hatten es meistens in sich. Das heißt, sie waren nicht einfach zu verstehen. Man mußte sich ziemlich anstrengen, um Annas Gedankenflügen folgen zu können. Aber mit der Zeit war ich darauf einigermaßen trainiert.

Im Grunde enthielt eine Anna-Geschichte Stoff für vier oder fünf oder noch mehr Geschichten über alle möglichen Dinge und Personen, und obendrein betrachtete sie ihr Hauptthema aus so vielen Blickwinkeln, daß einem beim Lesen ganz schwindlig werden konnte, denn vor lauter Einzelheiten, aus denen sich in Annas Dichtungen eine Sache oder ein Wesen zusammensetzte, erkannte man das Ganze kaum. Und da sie ihre »Notizien« für ihre Geschichten, wie gesagt, nicht auf ordentliche und numerierte Blätter schrieb, sondern auf unzählige Zettel, abgerissene Zeitungsränder, Kassenbons und Serviettenfetzen, wußte sie oft selbst nicht mehr, wo nun der Anfang war und wo das Ende, wie das alles zusammengehörte und ob überhaupt …

Deshalb war eine Geschichte eine richtige Arbeit für sie, eine mühsame Arbeit, bei der sie stöhnte und jammerte wie ein echter Dichter, der die mit fliegender Feder und halb in Trance notierten Eingebungen seiner Muse nicht mehr zu entziffern vermag. Diese Bastelei mit Satzschnipseln und rätselhaften Wörtern war so etwas wie ein besonders vertracktes Puzzlespiel. Es kostete viel Zeit, viel Platz, Papier und Tinte, vor allem aber viel Geduld. Nur an Regen- oder Wintertagen raffte sich Anna zu der Schwerarbeit auf, aus dem Schatz ihrer »Notizien« so etwas Ähnliches wie eine Geschichte zu komponieren. Dabei durfte niemand sie stören, und es durfte auch kein Luftzug durchs Zimmer wehen, denn sonst verstreute sich ihre Zettelwirtschaft in alle Winde, und sie mußte noch mal von vorne anfangen.

Nach vielen Stunden, oft auch erst nach Tagen, ergaben die Papierhäufchen für den Nichteingeweihten zwar alles andere als ein erkennbares Puzzlebild, aber Anna behauptete, nun sei die Geschichte fertig. Das sei wie mit Kartoffelchips. Die äße man ja auch einen nach dem anderen, und das seien eben Wortechips, und da müsse man es genauso machen.

Ich schüttelte den Kopf. »Da braucht nur einer von uns zu niesen, und schon wirbeln deine Notizen durcheinander, und die Geschichte ist kaputt. Was ein echter Dichter ist, der dichtet für die Ewigkeit, und da darf kein einziges Wort verlorengehen oder auch nur in eine andere Zeile geraten. Bei Kartoffelchips ist das wurscht.«

»Und was machen wir, damit es eine ewige Geschichte wird?« fragte Anna.

»Wir kleben die Wortechips zusammen, Stück für Stück. Das ergibt dann ein richtiges Manuskript.«

Der Gedanke, daß ihre wackligen Zettelpyramiden so was Tolles wie ein Manuskript werden konnten, begeisterte Anna. Allerdings bestand sie darauf, ihre kostbaren Wortechips ganz allein zusammenzukleben.

Ich spendierte ihr einen Stoß weißer Blätter, sie rührte den Leim an und machte sich ans Werk. Als sie es geschafft hatte, überreichte sie mir mit klebrigen Fingern und leuchtenden Augen ihr Manuskript mit den Worten: »Hier hast du meine Ewigkeit. Paß auf, sie klebt noch ein bißchen.«

Ich warf einen Blick auf den Titel der Geschichte und stellte fest: »Es ist also ein Märchen geworden.«

»Is doch egal, was es ist. Hauptsache, es gefällt dir – und an Mister Gott schick ich's auch«, meinte Anna.

Und so hatte sie ihre Geschichte mit großen verschiedenfarbigen Buntstiftfarben überschrieben:

Es war einmal …
Eine Geschichte für Mister Gott und Fynn

Als ich am Morgen aufgewacht bin, da war es noch ziemlich dunkel und nur ein winziges bißchen hell. Ich dachte, das wird heute kein schöner Tag. Ich hab mir das Zudeck übern Kopf gezogen, und plötzlich hab ich was gehört. Weil man besser hört, wenn man weniger sieht. Tropf, tropf,

tropf hab ich gehört, und ich bin ganz traurig geworden; weil, es hörte sich an, wie wenn alle Engel auf einmal weinen. Dann ist das Tropfen immer schneller geworden, und ich hab gedacht, das muß Regen sein. So schnell können die Engel nämlich gar nicht weinen und auch nicht so laut. Wie ich aus dem Fenster geguckt hab, da war der Himmel wie Grießbrei, aber nicht heißer, sondern ganz kalter. Meine Zehen haben gleich angefangen, am Boden festzufrieren. Drum bin ich wieder ins Bett zurück, wo es immer so warm ist wie in Afrika, auch wenn draußen der Nordpol ist. Ich hab die Decke wieder hochgezogen bis zu meiner Nase und gehört, wie die Vögel im Apfelbaum sangen. Wenn ich ein Vogel wär, dacht ich, also ich würd ja bei solchem Wetter nicht singen. Ich wär so lange eingeschnappt, bis wieder ein Sonnenstrahl angeglitzert käm.

Ich hab mich ganz rund zusammengekugelt, damit mir noch wärmer wurde, und hab drauf gewartet, daß Fynn oder Mama kommen, um mir einen Guten-Morgen-Kuß zu geben.

Da hört ich was, das klang, wie wenn einer versucht zu pfeifen und nicht kann. Es war aber nicht der Wind. Es war ein Sonnenstrahl. Wie bist du bei dem Regen heil bis in mein Zimmer gekommen? hab ich ihn gefragt. Aber er hat nicht geantwortet und mich nur in der Nase gekitzelt. Da bin ich aus dem Bett gesprungen, wie wenn es höchste Zeit ist für in die Schule und Fynn schimpft draußen schon. Die Stimme war aber nicht von Fynn, die war von einem alten Mann,

wie ein Riese, nur viel kleiner. Der stand auf dem Sonnenstrahl und hielt sich an einer Wolke fest.
Wo ist die faule Anna? hat er gerufen und genau in mein Fenster reingeguckt. Und alle die Vögel im Garten und die Kaninchen und Hunde und Katzen und Teddybären haben gesagt: Da ist die faule Anna! Siehst du sie nicht?
Ich hab mich gewundert, weil Anna, das stimmt ja, aber faul bin ich überhaupt nich. Der Mann ist auf dem Sonnenstrahl runtergerutscht wie auf ein Treppengeländer, direkt in mein Zimmer rein. Dabei hat er gerufen: Da haben wir sie ja, die faule Anna!
Als er ganz nah ran war, da hab ich gesehn, daß es Mister Walker war, unser Lehrer. Warum sagst du, daß ich faul bin? hab ich ihn gefragt.
Weil's wahr ist, hat er gesagt. Und nun komm mit.
Nein, hab ich gesagt. Ich warte auf Mama oder Fynn.
Du kommst jetzt schön mit, hat er gesagt und mich bei der Hand genommen. Ich mußte mit ihm den ganzen Sonnenstrahl rauflaufen. Der war viel länger als der Schulweg. Und wie wir oben angekommen sind, da hat Mister Walker gesagt: Das ist der richtige Ort für faule Kinder. Hier vergeht die Zeit nicht, hier passiert nichts, hier ist es furchtbar langweilig. Hier bleibst du, bis du versprichst, nicht mehr so faul zu sein. Dann bring ich dich wieder nach Haus zurück.
Das werd ich Fynn erzählen, und dann kannst du

was erleben, Mister Walker! hab ich ihm hinterhergerufen.
Es war sehr kalt da oben, und ich hab gefroren, weil ich doch nur im Nachthemd war und so allein. Grad wollt ich anfangen zu heulen, da hab ich so was gehört wie ein Gezischel, so wie von Kindern in der Schulstunde. Aber gesehn hab ich niemand. Das muß aus der Luft gekommen sein oder aus dem Boden von dem Sonnenstrahl. Ich hab mich runtergebückt und ganz deutlich was gehört:
Heut ist es so kalt, heut mag ich nicht wachsen.
Wer spricht denn da? hab ich gefragt.
Sag erst, wer du bist.
Hier spricht Anna. Und wer spricht da von unten?
Ich bin ein Saatkorn.
Und du hast heute keine Lust zu wachsen?
Nö, es ist so kalt draußen, und hier in meinem Bett ist es so schön warm. Morgen, wenn es wieder schön ist, wachse ich dafür doppelt so schnell.
Aber wenn es morgen auch noch kalt ist?
Dann fang ich eben übermorgen mit dem Wachsen an.
Das find ich nicht gut, hab ich gesagt. Wenn alle Saatkörner so faul sind, dann gibt's ja überhaupt kein Frühling in diesem Jahr.
Aber den Faulpelz da unten hat das gar nicht interessiert.
Der war schon wieder eingeschlafen. Ich konnte es schnarchen hören, das faule Ding. Und dann hab ich Stimmen gehört, aus der Luft. Eine war

ganz tief wie von einem Bär, es war aber ein Baum, und der hat gebrummt: Wenn die Sonne nicht scheint, roll ich meine Blätter nicht aus.
Und eine hohe Stimme hat gesagt: Ich laß heut meine Blüten zu.
Und die Vögel piepten: Heut singen wir nicht, heut wird höchstens gepiept.
Das war vielleicht eine traurige Welt da herum!
Es war auch ein Fluß da. Aber der floß nicht.
Warum fließt du nicht? hab ich ihn gefragt.
Weil ich zu faul bin, hat er gesagt.
Und dann der Wasserfall! Der fiel nicht runter, der stand nur so in der Gegend rum, ohne was zu tun. Das Wasser ist mir heute viel zu kalt, sagte er.
Aber ein Wasserfall muß doch fallen und plätschern und gurgeln, sonst ist er doch keiner, hab ich gesagt.
Hmm, darüber hab ich noch gar nicht nachgedacht, hat der Wasserfall gegähnt, aber du hast recht, ich bin furchtbar faul.
Und das hat ihm plötzlich so leid getan, daß er angefangen hat zu weinen. Die Tränen sind ihm runtergelaufen und haben an seinen Füßen eine kleine Pfütze gemacht.
Hör auf zu heulen, hab ich gesagt. Ein Wasserfall ist doch was Lustiges und was Schönes. Ich wär froh, wenn ich so schön wär wie ein Wasserfall.
Bring mich halt zum Lachen! Wenn du mich zum Tränenlachen bringst, fühl ich mich gleich wieder besser.
Da hab ich eine Weile in mein Kopf rumüberlegt,

wegen einer lustigen Geschichte, und dann hab ich zu dem Wasserfall gesagt:
Ich werd dir was Komisches erzählen, paß auf!
Der Wasserfall hat gleich aufgehört zu weinen. Und der Baum hat aufgehört zu brummen und die Blumen mit Jammern und die Vögel mit Piepen. Alles war ganz still, nur ich nicht. Ich hab angefangen mit meiner Geschichte:
Es war einmal …
Und da hat der Wasserfall gleich so laut gelacht wie der Bierkutscher von der Brauerei. Er hat gelacht und gekichert und geprustet und ist runtergefallen in seine Schlucht und hat mich dabei bespritzt von oben bis unten.
Hahaha! Das ist eine wunderbare Geschichte, hat er gelacht. So was Komisches hab ich noch nie gehört.
Aber ich habe doch noch gar nicht richtig angefangen. Ich hab doch nur gesagt: Es war einmal …
Der Wasserfall hat sich verschluckt vor Lachen. Das ist es ja gerade! Es war einmal – wie das klingt! Wahnsinnig komisch!
Da hab ich einen Bär kommen sehn. Der brummte: Na, endlich fällst du wieder, Wasserfall. Und was hat dich so in Schwung gebracht?
Anna hat gesagt: Es war einmal … grölte der Wasserfall.
Es war einmal …? hat der Bär gebrummt und ist vor Vergnügen den ganzen Abhang runtergekugelt.
Auch ein paar Vögel und ein Kaninchen und ein paar hundert Blumen und Samenkörner haben

das gehört, und alle haben mitgelacht, die knorrigen alten Bäume auch und überhaupt der ganze Wald.
Nur ich hab nicht gelacht. Weil ich nämlich nicht gewußt hab, warum die andern so lachen.
Ich hab mich ins Gras gesetzt, das auf einmal schön grün war, und nachgedacht, warum »Es war einmal …« so komisch ist. Fynn hätte bestimmt gewußt, warum, aber ich nicht. Und da bin ich ganz traurig geworden, weil ich nicht mitlachen konnte und weil sie über mich gelacht haben. Da hab ich erst mal ein bißchen leis geheult und dann ganz laut, damit Mister Gott mich bei all denen ihr Lachen auch hören konnte.
Und das hat geklappt. Plötzlich war ein ganzer Haufen Engel da. Die sind um mich rumgetanzt und haben einen richtigen Zirkus gemacht.
Verzeihung, nun sagt mir mal, warum alle lachen, hab ich zu ihnen gesagt, und sie haben geantwortet:
Weil du eine so furchtbar komische Geschichte erzählt hast.
Quatsch, hab ich gesagt. Ich hab doch grad erst angefangen: Es war einmal …
Na eben. Das ist es ja. Es war *einmal* – was für eine komische Idee! Nichts ist doch nur einmal, alles ist doch vielmal, unendlich vielmal. Einmal, das würde sich doch gar nicht lohnen. Nur einmal auf Erden sein, das wär doch so gut wie gar nichts, das wär doch zum Lachen! Und deshalb haben alle so gelacht.
Die Engel haben auch gelacht und sind wieder

weggeflogen. Und ich hab gedacht, einfach nur komisch ist das gar nicht, es ist auch ein bißchen ernst oder noch mehr als ein bißchen. Vielleicht wär es doch schön, wenn manches nur einmal wär, nur ein einziges Mal. Zum Beispiel frieren müssen. Nur einmal, damit man merkt, wie das ist. Und wenn man's weiß, dann ist's genug. Weil, dann freut man sich noch viel mehr an allem, was warm macht: die Sonne und mein Bett und wenn Fynn mich von sein Grogpunschglühwein trinken läßt.

Als die alle so gelacht haben, da hab ich erst noch ein bißchen geheult, und dann hab ich auch gelacht, weil es doch blöd ist zu heulen, wenn keiner sich drum kümmert. Und da hab ich gemerkt, wie toll es ist, wenn man richtig lachen kann. Und dann bin ich den Sonnenstrahl runtergerannt und hab immerzu gerufen: Mister Walker, Mister Walker, ich bin nicht mehr faul! Ich hab einen Wasserfall und eine Squillion Tiere und Pflanzen und Engel zum Lachen gebracht.

Und er hat gesagt: Nein, du warst nicht faul, Anna, und du hast eine Menge gelernt. Dafür hast du eine Belohnung verdient. Was wünschst du dir denn?

Daß ich den ganzen Sonnenstrahl runterrutschen kann, mit Karacho direkt in mein Bett.

Da hat Mister Walker mich auf die oberste Spitze von dem Strahl gesetzt und mir einen Kuß gegeben und einen Schubs, und dann bin ich wie ein Blitz durch die Luft gesaust und kriegte kaum noch welche, so toll bin ich geflitzt. Bis es einen

Ruck gegeben hat, und ich hab wieder in mein Bett gelegen.
Wie ich die Augen aufgemacht hab, nur so zum Probieren, da war es nur ein klein bißchen heller, als wie ich zum ersten Mal aufgewacht bin und rausgeguckt hab. Der Regen ist noch immer tropf, tropf, tropf an den Scheiben runtergelaufen, aber die Vögel haben gesungen, und der Baum sah gar nicht mehr schlecht gelaunt aus. Ich hab meinen großen Zeh unter der Decke vorgestreckt, und er ist ein bißchen kälter geworden, aber gekümmert hat er sich nicht drum. Und es war kein Sonnenstrahl am Himmel zu sehen, aber ich hab trotzdem einen gesehen. Der kam von innen, nicht von draußen. Mister Walker stand drauf und winkte mir zu.
Ich bin aus dem Bett gesprungen und rüber zu Fynn gelaufen und hab ihm einen dicken Kuß gegeben und er mir auch einen.
Das wird heut wieder ein schöner Tag, hat er gesagt, und dabei hatt er doch noch gar nicht die Gardine aufgezogen. So früh war es noch.
Und ich, ich hab nix vom Regen verraten. Weil doch das Wetter, das man in sich selber macht, viel, viel wichtiger is wie das von draußen. Und Fynn sein Herz hat an dem Morgen kein Regenschirm gebraucht …

## 5
## *Wie wird man ein Engel?*

Lieber Mister Gott!
Heut muß ich Dir schreiben, weil, wir haben in der Schule aufgekriegt, einen Brief schreiben an den besten Freund, den man hat, und ihm sagen, was ich mal werden möcht, wenn ich groß bin und keine Schularbeiten mehr machen muß. Deshalb schreib ich an Dich, denn Fynn ist ja hier, dem kann ich nicht schreiben, oder er würd drüber lachen. Du lachst aber nie, wenn Du mir beim Schreiben über die Schulter guckst. Das find ich prima, weil, sonst würd ich vielleicht rot werden. Was ich mal werden möcht, ist Engel. Das hab ich noch niemand gesagt, auch Fynn nicht. Deshalb weiß ich auch noch nicht, wo man die Flügel herkriegt. Stimmt es, daß man da erst tot sein muß? Das hat der Robbie aus der Mortonstreet gesagt, der Torwart werden will. Der glaubt an überhaupt nichts außer Fußball. Und er sagt, ein Engel ist bloß dazu da, daß kein Ball ins Netz geht. Ich möcht aber mehr tun, wenn ich mal Engel bin. Und auch nicht erst tot sein müssen.
Ich schreib Dir, weil ich glaube, daß nur Du richtig weißt, wie man Engel wird. In der Bibel steht, daß Du die Engel selber machst. Da dacht ich,

weil Du doch auch mich gemacht hast vor paar Jahren, kannst Du mich auch zum Engel machen. Später mal. Aber nicht zu spät. Jedenfalls bevor ich so alt bin wie Mrs. Cook. Dann ist man schon zu alt, um noch fliegen zu lernen oder um noch andauernd Gutes zu tun. Mrs. Cook tut oft nichts Gutes, wenn sie Noten gibt. Das möcht ich später mal nicht machen. Lieber für andere die Hausaufgaben machen, wenn sie's nicht können. Dann wär ich fast so nützlich wie Du. Ob Du mir dabei helfen kannst, würd ich gern von Dir wissen. Wenn Du mir zeigst, was man als Engel alles können muß, dann würd ich bestimmt für üben. Ganz sicher ...

Diesen Brief wollte Anna tatsächlich in die Schule mitnehmen und Mrs. Cook abgeben! Wie gut, daß diesmal nicht nur Mister Gott, sondern auch ich ihr beim Schreiben über die Schulter geschaut hatte. Ganz still und heimlich natürlich. Aber am Schluß platzte ich doch heraus: »Um Gottes willen, Anna! Das darfst du auf keinen Fall Mrs. Cook lesen lassen. Die kriegt einen Anfall, wenn sie liest, daß sie deiner Meinung nach zu alt ist, um noch was Gutes zu tun. Die läßt dich dafür glatt zu Ostern sitzen. Tu den Brief in den Schuhkarton und schreib lieber einen neuen Aufsatz über einen vernünftigen Berufswunsch, zum Beispiel Krankenschwester oder Mutter von fünf Kindern.«

»Ist denn Engel nicht vernünftig?« fragte Anna beleidigt.

»Ach, Fratz, wie soll ich dir das erklären? Ein

Engel ist zwar nichts ausgesprochen Unvernünftiges, aber kein Beruf für dich oder allgemein für unsereins. Du mußt mit deinen Vorstellungen auf dem Teppich bleiben, hörst du! Mal fühlst du dich ein bißchen wie Mister Gott, mal willst du Engel werden. Für solche verrückten Ideen gibt es in der Bibel ein ganz bestimmtes Wort, das heißt ›Hoffart‹, was noch schlimmer ist als Hochmut. Und die Hoffärtigen mag Mister Gott überhaupt nicht. Steht auch in der Bibel. Über diesen Brief freut er sich wahrscheinlich gar nicht. Es wäre besser, du hättest nicht gleich losgeschrieben, sondern erst mit mir über deine Berufspläne gesprochen. Statt gleich Engel zu werden, könntest du beispielsweise erst einmal damit anfangen, ein guter Mensch zu sein ...«

Eine so lange Gardinenpredigt hatte ich Anna noch nie gehalten. Ganz kleinlaut stand sie da und zerknüllte in der rechten Faust den von mir beanstandeten Brief. Aber kaum war ich fertig – ich meine, kaum fielen mir keine weiteren Argumente mehr gegen den Beruf eines Engels ein –, da hatte sich der Fratz schon wieder einigermaßen gefaßt.

»Ein guter Mensch werden ...«, sagte sie leise und nachdenklich, »... ob ich das schaffe? Meinst du nicht, daß Engel vielleicht doch leichter wär?«

## 6

## *Annas biblische Geschichte*

Lesen hat Anna aus der Familienbibel gelernt, und die blieb auch ihr bevorzugtes Lesebuch, schon deshalb, weil sie so dick und auch schwer war. Was da drin steht, das muß halt für ein ganzes Leben reichen, meinte sie, und damit hatte sie ja auch recht. Für den Religionsunterricht mußte sie gewisse Bibelabschnitte auswendig lernen, was sie pflichtschuldigst tat, aber die Kapitel, die sie für sich las oder sich von mir vorlesen ließ, die lernte sie »inwendig«. Und das schien ihr mehr Spaß zu machen und wichtiger zu sein, als »auswendig«.

Man kann sich vorstellen, daß sie mich mit ihren Fragen nach der Bedeutung von Stellen, die ihr unverständlich oder zweifelhaft – Anna sagte »verzweifelt« – schienen, manchmal in arge Verlegenheit brachte. Als sie gelesen hatte, daß Adam seine Eva »erkannt« hatte, wollte sie zum Beispiel wissen, ob ich sie, Anna, denn auch schon erkannt hätte.

»Das verstehst du noch nicht«, durfte man zu Anna nicht sagen. Das hätte nur ihren Ehrgeiz angestachelt, so lange zu fragen oder phantastische Vermutungen zu äußern, bis man klein beigab und ihr die Sache erklärte, so gut es eben ging.

»Ich hab dich noch nicht wirklich erkannt, Anna«,

sagte ich schließlich, »weil wir uns dazu noch nicht lange genug kennen. Auch der einfachste Mensch ist ein sehr kompliziertes Wesen, und der liebste Mensch erscheint einem manchmal als der allerkomplizierteste. Auch wenn man den anderen sehr liebt, kann man ihn nicht immer erkennen.«

Das begriff Anna. »Warten wir also noch ein bißchen, bis wir uns inwendig ganz auswendig gelernt haben«, schlug sie vor, und ich war vollkommen einverstanden.

Annas Fragen hatten es, genau wie ihre Geschichten, stets in sich, und die Bibel hat es ebenfalls in sich. Das bedeutete: Je öfter ich Anna eine präzise Antwort schuldig blieb, desto mehr wuchs in ihr die Überzeugung, daß das dicke Bibelbuch noch viel schwierigere Fragen stellte als ein Rechenbuch, nur eben mit Buchstaben statt mit Zahlen. Und für manche von diesen »Wörter-Aufgaben« wußte halt nicht mal ich eine Lösung, so schwer waren sie. Obwohl sie also meinte, daß da mehr Fragen drin stehen als Antworten, las sie gern in der Heiligen Schrift, »weil so viele schöne Blumen-Wörter drinstehen, und über die Stellen, wo grad keine sind, muß man eben wegsteigen, wie auf der Wiese, wo ein Kuhfladen liegt«.

Abgesehen von diesen Einschränkungen gefiel ihr die Bibel schon deswegen, weil man beim Lesen soviel »zusammendenken« konnte.

Was mich und alle, die Anna näher kannten, oft frappierte, war ihre Fähigkeit, die unterschiedlichsten Ideen und Vorstellungen miteinander in Verbindung zu bringen. Das mußte ihr wohl angeboren sein, denn keine Erziehung, kein Schulunterricht hätte ihr das beibringen – oder austreiben können.

Ich erinnere mich, daß sie einmal die Begriffe Schatten, Mathematik, Gott und noch eine Handvoll anderer Phänomene zu ihrem und zu meinem Vergnügen gewissermaßen auf einen Nenner brachte. Das geschah so:

Eines Tages hatte ich ihr erklären wollen, wie man die Zeit von einer Sonnenuhr ablesen kann. Auf unserem Gemeindefriedhof haben wir eine. Ich deutete auf den Teil des Zifferblattes, der im Schatten lag, und sagte: »Diesen Bereich nennt man ›Gnomon‹.« Zugegeben, das ist kein alltägliches Wort, aber Anna liebte ausgefallene Wörter. Wieder daheim, wurde das neue Wort »Gnomon« natürlich sofort aufgeschrieben, aber damit nicht genug, ich mußte Anna auch noch vorlesen, was im Lexikon darüber stand, nämlich: »Der Teil eines Parallelogramms, der übrigbleibt, wenn ein ähnliches Parallelogramm aus seiner Ecke geschnitten wird ...«

Das war eine harte Nuß und kam Anna wie eine ganz verzwackte Rechenaufgabe vor. Deshalb lenkte sie ihre Wißbegier lieber in anderer Richtung weiter. Ich mußte ihr alle Worte nennen, die mit *Gn* anfangen, und sie schrieb sie sich auf: Gnade, Gneis, Gnom, Gnomon, Gnosis, Gnu. Als sie erfahren hatte, was jedes einzelne Wort bedeutete, brauchte sie nicht lange zu überlegen, um zu entdecken, daß alle etwas Spezielles gemeinsam hatten, außer dem komischen *Gn* am Anfang, versteht sich.

»Die klingen wie 'n kleines Geheimnis, und du

spürst gleich, daß dahinter noch ein viel größeres kommt. Man muß nur ein bißchen weiterblättern.«

Ich folgte Annas Vorschlag, blätterte von »Gnosis – Erkenntnis« weiter, und auf wen stießen wir da nach ein paar Seiten? Natürlich auf *Gott*, denn nach den Wörtern mit *Gn* kommen bekanntlich alle Wörter mit *Go*. Anna klatschte vor Begeisterung in die Hände. »Ich hab's gewußt, ich hab's gewußt!« rief sie, ihrer Sache zwar sicher, aber doch ein bißchen überrascht, so schnell hinter das »große« Geheimnis der Gnosis gekommen zu sein.

Was mir manchmal Sorgen machte, war, daß Anna sich gar so sehr für Mister Gott, für seine Person, seinen Lebenslauf und seine Herkunft interessierte. Nicht nur, daß sie unbedingt seinen Geburtstag herausfinden wollte. Auch seine Eltern wollte sie ausfindig machen, und das, obwohl Anna von ihren eigenen Eltern niemals sprach! Da ihr niemand sagen konnte, wer Vater und Mutter von Mister Gott waren, erschuf sie die beiden einfach. Daraus wurde wieder eine richtige Anna-Geschichte, und sie war darauf so stolz, daß sie sie am liebsten sofort an Mister Gott geschickt hätte. Aber ich sagte: Glaubst du nicht, daß der das alles schon weiß? Tu das lieber nicht, sonst denkt er am Ende noch, du wolltest ihn verbessern. Das hat keiner gern, vor allem nicht Mister Gott. Das leuchtete Anna ein, und sie legte die Geschichte zu ihren übrigen »Notizien«: Sie war ja sicher, daß Mister Gott sie später ohnehin lesen würde. Aber dann würde es ein Andenken an Anna sein, und er wäre nicht böse auf sie.

Mister Gott ist jetzt sehr alt, aber früher mal, da war er jung und davor ein Baby und davor war er noch nicht mal geboren, und da gab's noch gar keine Welt und auch keine Sterne und überhaupt nix. Außer dem Papa und der Mama von Mister Gott. Die waren so groß, daß für nix andres mehr Platz war.

Wenn du was ganz winziges Kleines sehen willst, dann mußt du ganz nah rangehen. Aber wenn du einen großen Berg hast, dann kannst du ihn nicht sehen, wenn du so nah rangehst wie an einen Marienkäfer. So war es auch mit dem Papa und der Mama von Mister Gott. Die waren viel zu groß für unseren Grips. Das fanden sie schade. Drum haben sie sich ein Baby gemacht. Das war ein bißchen kleiner, grad so viel, daß man es auch von nah sehen konnte. Aber nicht im Finstern. Drum haben sie sich Licht gemacht. Und zum Spielen machten sie ihm die Engel. Die haben ihm zur Geburtstagsparty Sterne angezündet. Immer noch einen und noch einen, jedes Jahr. Bis der Himmel ganz voll war mit Sternkerzen. Und der kleine Babygott, den haben seine Eltern richtig erzogen. Er mußte »bitte sehr« und »danke schön« sagen, wenn er was haben wollte. Dafür haben sie ihm dann die Welt gemacht. Aber nicht aus Gold oder Zucker, sondern aus Dreck von der Straße, damit er nich so verwöhnt wird. Seine Mama hat die Dreckpantsche wie Teig in den Händen zu einem Kloß gerollt und draufgespuckt, damit er schön hielt, und der Papa hat ihn dann in die Luft geworfen, und das

war dann die Welt, und der kleine Mister Gott hat sich über den Ball zum Spielen gefreut.
Aber allein spielen ist ja nicht schön, und drum wollte er einen Bruder oder eine Schwester. Aber seine Mama hat gesagt, für so was hab ich keine Zeit. Da hat er geheult. Und seine Mama hat nach was geguckt, für ihn zu beruhigen. Ich hab eine gute Idee, hat sie gesagt und ihm einen Spiegel gegegeben.
Was siehst du da? hat sie ihn gefragt.
Er hat reingeguckt und gesagt: Mich.
Aber die Mama hat gesagt: Nein, nicht dich, nur dein Spiegelbild.
Kann ich das haben? hat der kleine Mister Gott gefragt, weil ihm das Bild gefallen hat.
Klar, mach damit, was du willst, hat die Mama gesagt, weil sie doch froh war, daß er nicht mehr geheult hat.
Und da waren sie alle zufrieden: die Mama, der Papa und der kleine Mister Gott und auch sein Spiegelbild.
Aber ein bißchen später, nach einer Squillion Jahre oder so, da hat Mister Gott gesagt: Nur *ein* Spiegelbild, das ist viel zu wenig. Und die Mama hat gesagt: Mir hat eins immer gereicht. Was bist du nur für ein verwöhnter Bengel.
Aber der hat gejammert: Wo ich doch immer so allein bin! Warum kann ich denn nicht Sachen zum Spielen haben, Leute und Tiere und Blumen und so, dann könnten wir doch alles zusammen machen, und niemand wäre mehr allein.
Und Mister Gott seine Mama hat gesagt: Hör auf

zu heulen und mach dir dein Spielzeug selber. Andere Kinder machen das auch. Und da hat der kleine Mister Gott ganz tief Luft geholt, damit er genug Puste hatte, besonders im Herz drin. Und dann sind sie alle aus seinem Innern rausgekommen, die Menschen, aber noch ganz klein, und die Blumen, aber ohne Blüten, nur Stengel, und ein Haufen Tiere, Flöhe und Hasen und Elefanten, alle ganz klein, sonst hätten sie ja in sein Herz drin nicht genug Platz gehabt. Sie fanden's alle furchtbar komisch, auf der Welt zu sein, und alberten immer nur rum. Aber Mister Gott hat mit dem Fuß aufgestampft und gerufen: Macht doch nicht solchen Lärm! Wenn ihr mich nicht hört, dann kann ich euch nichts beibringen, und dann lernt ihr nie, wie man Fußball spielt und wie Musik klingt und wie man Bonbons macht. Und dann wißt ihr auch nicht, wie schön die Welt sein kann.

Da waren sie alle ganz still und haben ihm zugehört, und er hat erst mal Sonntagsschule gehalten. Die Sonne hat gestrahlt, und sie hatten alle Spaß, was zu lernen. Aber dann ist der Regen gekommen, und alle sind weggelaufen, um sich wo drunter zu stellen. Weil aber viel zu wenig Bäume da waren für alle zum Unterstellen, haben sie zu Mister Gott gesagt: Du mußt was erfinden, wo es nicht reinregnet, sonst kommen wir nicht wieder. Dann wär er wieder allein gewesen. Drum hat er die Kirche erschafft. Die haben die Menschen ganz praktisch gefunden und sind wieder unter den Bäumen hervorgekommen. Nur die Tiere

und die Blumen, die sind im Wald geblieben, weil, denen war die Kirche zu dunkel, zuviel Steine und zu wenig Grün drin.
Aber schon bald haben die Menschen sich beschwert, daß nich jeder eine Kirche für sich allein hat, und drum haben sie ganz viele davon gebaut. Jeder wollte eine eigene haben. Sie wollten auch drin schlafen und essen und Unsinn machen. So sind die Häuser auf die Welt gekommen, auch unsers.
Inzwischen ist der Mister Gott aber groß geworden und älter, und er ist gewachsen und gewachsen. Größer noch wie Fynn und ich auf seinen Schultern drauf. Und er war dann so riesig, daß die Menschen ihn gar nicht mehr gesehen haben, weil er doch alles ausgefüllt hat und überall war mit sein Großsein. So wie man auch die Luft nicht sieht, die man atmen muß, um nicht tot zu sein. Weil sie überall ist und trotzdem keinen Platz wegnimmt.
Viele Leute haben dann einfach gedacht, den Mister Gott gibt's gar nicht mehr, weil sie ihn nicht mehr gesehen haben. Die anderen haben aber gesagt, Blödsinn, wenn er sich nich mehr blicken läßt, dann machen wir uns eben selber einen, und sie haben Gottbilder gebaut aus Stein oder Holz oder Eisen und haben die rumgezeigt, damit alle sehen, es gibt ihn doch noch, und man kann ihn auch in klein haben, sogar fürs Grab und für die Kommode. Wie sie eine ganze Menge von so Figuren gemacht hatten, da hat jeder geschrien: Meine sind die schönsten und am ähnlichsten mit

Mister Gott. Das hat die anderen geärgert, die wo ihre genauso schön gefunden haben. Da haben sie aufeinander losgedroschen und sich abgeknallt. Nur weil jeder gefunden hat: Ich hab den besten Mister Gott, und eurer ist nicht gut.
Wie die meisten tot waren und viele ohne Arme und Beine oder blind, da hat Mister Gott den Kopf geschüttelt und hat gedacht: Hätt ich sie bloß alle in mein Herz drin behalten, statt sie in der Welt rumtoben zu lassen, dann wären sie noch so, wie ich es gewollt hab.
Trotzdem hat er aber die Menschen liebgehabt. Sie waren ihm nämlich ganz schön ähnlich. Aber er war einfach zu groß für sie. Mister Gott hat das selber gemerkt, wenn er so auf die Menschen runtergeschaut hat. Es muß eben wieder ein kleines Baby her, hat er gedacht, so mitten in sie rein, so was mögen sie, weil sie's dann nicht erst in den Wolken suchen müssen.
Da ist er gleich zu Maria gerannt, um mit ihr darüber zu reden, aber die hat nicht viel gesagt, weil sie so fromm war und immer gehorsam. Mister Gott fand, das war genau richtig für sein kleinen Sohn.
Und wie er dann auf der Welt war, haben die Sterne auf einmal heller geblinkt, und die Engel haben Trompete geblasen, und die Menschen sind gelaufen gekommen, weil sie neugierig waren, wie der Sohn von Mister Gott aussieht. Aber so besonders haben sie ihn nicht gefunden, weil sie doch gedacht haben, der kommt mit einer Krone auf'm Kopf und bringt allen was Tolles

mit, und sie werden alle reich und fröhlich und müssen nicht mehr arbeiten. Nur so 'n paar von ihnen, die haben gemerkt, daß jetzt doch alles anders ist, aber daß man auch was für tun muß. Und sie sind dem Sohn von Mister Gott auch nachgelaufen. Und den haben sie Jesus genannt und sind immer um ihn rum gewesen und haben ihm zugehört, weil er so schöne Sachen gesagt hat.

Aber viele andere, die wollten überhaupt nicht auf ihn hören. Die wollten auch nicht, daß die anderen ihm zuhören, und da haben sie ihn einfach umgebracht. Warum Mister Gott das erlaubt hat, wo Jesus doch sein Sohn war, das hat Fynn mir leider nicht erklären können. Das ist eine schwierige Geschichte, hat er gesagt. Und es hätte schon viele Tote gegeben, um herauszukriegen, warum das so sein mußte.

Ich möchte gerne mal wissen, wenn Mister Gott doch alles tun kann, was er will, warum tut er dann manchmal nix? Ich glaub, es ist so: Mister Gott tut doch was, aber nicht außen, sondern innen. Er ist nämlich kein Außenstürmer wie der Jackie von unserm Fußballklub. Er schießt immer von der Mitte ins Tor. Da trifft er direkt ins Herz rein. Und das will er auch, und nicht gegens Schienbein oder gegen den Torpfosten. Mister Gott ist ja in der Seele drin, und der Körper, den man hat, der interessiert ihn gar nicht so sehr. Der ist nämlich gar nicht das Wichtigste am Mensch, auch wenn er manchmal groß und schön ist. Der is nur der Klotz am Bein der Seele, sagt Fynn.

Mister Gott is nur für unsere Seelen da, aber für jede auf der Welt, auch wenn sie nur ganz klein ist wie bei ein Floh.
Ich würd meine Seele ja gern mal sehen, aber das geht nicht, sagt Fynn. So tief kann keiner in sich reingucken, außer Mister Gott. Da kannst du noch so lange die Augen zumachen oder hinter den Spiegel gucken. Da findest du nix, was du anfassen kannst wie ein Bein oder die Nase. Wenn aber die Seele so was Ähnliches wie die Nase wär, und im Gesicht oder am Fuß, oder wo, dann müßte man auch nicht so viel drüber nachdenken und Bücher schreiben, weil man ja viel mehr von ihr sehen kann. Und was man sehen kann, das kann man viel leichter kapieren …

## 7
## *Warum eine Mücke nicht mit einem Elefanten sprechen kann*

Daß der Sohn Gottes getötet wurde, weil ihn zuvor ein Mann namens Judas verraten hatte, empörte Anna genauso wie viele andere Bibelleser. Aber an dem Wort »Verrat« fiel ihr eine Winzigkeit auf, die die ganze üble Geschichte sofort in einem anderen Licht erscheinen ließ. Sie war ganz allein darauf gekommen und mußte ihre Feststellung mit Mister Gott besprechen, weil ich ihr in dieser Frage offenbar keine große Hilfe war. Jedenfalls fand ich den folgenden Brief, den Anna wohl im Anschluß an unser Gespräch über den ebenso bösen wie interessanten Judas geschrieben hatte.

Lieber Mister Gott!
In der Bibel steht, daß der Judas Deinen Sohn verraten hat, und dann haben sie ihn totgemacht. Aber kannst Du mir vielleicht helfen, denn das mit dem Verraten versteh ich nicht so gut, und der Fynn weiß es auch nicht. Also, wenn Fynn *mir* verrät, daß es heute Vanillepudding gibt, dann freue ich mich. Und wenn er *mich* verrät und der Mama sagt, daß ich mir nicht die Zähne geputzt habe, dann bin ich ihm böse. Bloß wegen so 'n kleinen Unterschied von mir und mich! Vielleicht

hat der Judas das auch nicht kapiert. Vielleicht wollte er gar nix Böses und hat nur die zwei Wörter verwechselt? Er war ja nicht so klug wie Jesus, weil sein Vater nicht Mister Gott war.
Lieber Mister Gott, weißt Du, das mit der Sprache ist wirklich schwer. Vielleicht wäre Dein Sohn nicht umgebracht worden, wenn der Judas ihn besser verstanden hätte. Warum gibt es überhaupt verschiedene Sprachen? Die Leute würden sich doch viel besser verstehen, wenn es nur eine gibt. Du hast's ja gut, Du verstehst sowieso alles. Aber wir …
Drum hab ich mich hingesetzt und gedacht und gedacht, und dann hab ich plötzlich gehört, wie schön die Vögel singen. Jeder singt was andres. Und nur deshalb ist es schön! Die Amsel singt so, und der Fink so, und einer schilp, schilp, und der andere kuckuck. Das wär doch sehr langweilig, wenn alle dasselbe singen!
Siehste, hat Fynn gesagt. Und so ist das auch mit den vielen Sprachen von den Menschen. Jedes Volk will eine eigene Sprache haben, damit jeder Mensch weiß, zu dem Volk gehör ich. Und wenn alle die gleiche Sprache sprechen täten, wär das furchtbar laut. Jeder würd sich mit jedem auf der Welt unterhalten können, und das gäb ein Mordsgequassel, und keiner würd mehr den andern zuhören. Man würde dann die anderen vielleicht auch noch weniger verstehen wie jetzt, weil's so durcheinandergeht mit all den Stimmen. Oder man würd nur die andern hören, aber nicht mehr sich selbst. Oder alle Menschen wür-

den sich den ganzen Tag die Ohren zuhalten und Dich auch nicht mehr hören, Mister Gott. Und noch squillionenmal lauter wär's, wenn auch noch alle Tiere sich miteinander unterhalten könnten, die Maus mit der Katze und die mit dem Löwen und dem Elefanten oder mit einer Mücke. Wenn sie alle dieselbe Sprache hätten, dann würden sie alle muh machen oder miau oder ia, der Haifisch und der Schmetterling und das Pferd und der Kuckuck. Das wär wieder ganz langweilig. Deshalb, hat Fynn gesagt, hast Du es ganz richtig gemacht, daß jeder eine andere Sprache spricht. Sonst wär's nicht auszuhalten und überall auf der Welt so laut wie in unsrer Schule. Aber wenn ein Neger und ein Indianer und ein Chinese auf dem Schulhof zusammenstehen, dann is es erst mal still, weil es ja blöd wär, sofort aufeinander loszubrüllen. Von denen muß jeder den andern erst mal ein bißchen studieren und ein bißchen zuhören und verstehen. Und deshalb ist es gut, find ich, wenn es verschiedene Sprachen gibt. Man muß sich einfach besser zuhören. Meinst Du nicht auch?

## 8
## *Kein Geburtstagskuchen für Mister Gott*

Lieber Mister Gott!
Heut hab ich zu Fynn gesagt, daß ich ein bißchen wie Mister Gott bin, und da hat er gemeint, so was sagt man nicht, weil es eingebildet klingt, und Du magst keine eingebildeten Leute. Und überhaupt, wie kommst du bloß auf so ein Käse, hat er gefragt. Und ich hab gesagt, da bist du selbst schuld dran. Weil du so oft sagst: Warum kommst du nicht gleich, wenn man dich ruft? Das hab ich so von Mister Gott gelernt. Der kommt auch nicht auf Kommando. Stimmt doch – oder?
Manchmal denkst Du halt grad über was anderes nach, dann muß ich eben warten. Und ich bin auch manchmal in Gedanken woanders und hör Fynn nicht rufen, weil ich, wenn ich ganz woanders bin, nur nach innen hör und nicht nach außen. Oder ich red grad mit Dir. Dann muß Fynn halt ein bißchen warten, denn Du kommst natürlich zuerst.
Wenn Du aber mal nach mir rufen würdest, da würd ich mich nicht erst dreimal bitten lassen, kannste Gift drauf nehmen. Ich käm angeschossen wie der Blitz. Hier bin ich, Mister Gott, würd ich sagen. Was kann ich für Dich tun?
Aber Fynn hat schon wieder gesagt, so ein Käse,

man kann nichts für Dich tun. Du kannst nur was für uns tun. Weil, Du hast alles, was Du brauchst. Nur uns fehlt es hinten und vorn.
Hab ich aber dem Fynn nicht geglaubt, daß ich Dir nicht irgendwie mal helfen kann. Ich mein ja nicht, Kohlen raufholen und so. Ich hab zu Fynn gesagt: Wetten, daß Mister Gott uns braucht, dich und mich und alle Menschen? Weil – ohne Menschen wär es doch furchtbar langweilig für ihn. Das wär so wie ein Vater ohne Kinder. Wofür geht der überhaupt zur Arbeit? Oder wie du ohne ich, da hätten wir doch beide nichts von, hab ich zu Fynn gesagt. Und er hat gebrummt: Da hast du mal wieder recht.
Ich hab aber nicht ganz so oft recht wie Du, Mister Gott. Denk bloß nicht, daß ich ein Angeber bin. Ich geh ja noch zur Schule, aber Du bist schon Squillionen Jahre erwachsen.
Lieber Mister Gott, jetzt muß ich Dich aber mal was Wichtiges fragen: Warum muß ich jeden Tag in Mrs. Cook ihre Schule und nur am Sonntag in Deine? Kann man denn von Mrs. Cook mehr lernen als von Dir? Ich denke, Du bist der, wo alles weiß! Oder weiß Mrs. Cook was, was Du nicht weißt? Bist Du auch bei so einer Lehrerin in die Schule gegangen, als Du klein warst, oder hast Du von Anfang an alles gewußt?
Ich hab Fynn gefragt, ob er das weiß, und er hat gesagt, nein, im Grunde wissen wir verdammt wenig über Mister Gott sein Leben. Das hat er ganz traurig geflüstert, wie wenn Du es nicht hören sollst.

Und warum fragen wir ihn dann nicht danach, hab ich ihn gefragt.
Man quetscht die Leute nicht über ihr Privatleben aus, das weißt du doch, und erst recht nicht Mister Gott. Hat Fynn gemeint.
Macht's Dich wirklich böse, Mister Gott, wenn man was Genaues über Dich wissen will? Ich meine, ein bißchen mehr, als in der Bibel steht? Für mich steht nämlich längst nicht genug drin über Dich. Zum Beispiel, wann Du Geburtstag hast und wie alt Du jetzt bist. Millie verrät auch niemand, wie alt sie ist. Aber Fynn hat mir erklärt, warum. Weil sie Angst hat, daß sie keiner mehr mag, wenn man weiß, wieviel Jahre sie schon auf dem Buckel hat.
Hast Du auch Angst, daß Dich dann keiner mehr mag, Mister Gott? Fynn sagt, Du hast vor nichts Angst, bei Dir sind es ganz andere Gründe. Du wirst gar nicht älter, weil Du ewig bist. Deshalb hast Du auch nie Geburtstag. Eigentlich schade, nicht? Ich hätte Dir gern mal 'nen Kuchen gebakken. Dafür kann Dir nicht so was passieren wie Sterben, weil Du ewig bist. Daran kannst Du ruhig denken, wenn Du traurig darüber bist, daß Dir niemand »Happy Birthday« singen kann.
Ich finde ja, es gibt nur einen einzigen Mister Gott. Das bist Du. Aber Mrs. Cook hat neulich gesagt, da gibt's noch andere, die heißen nur anders und leben anderswo. Sie sprechen auch anders als wir und kommen selten nach London. Mrs. Cook hat uns Bilder von den anderen Gotts gezeigt. Sind das Deine Verwandten? Also ehrlich,

schöner find ich Dich, Mister Gott, auch wenn an den anderen manchmal mehr Gold dran ist. Das finde ich sowieso ganz schrecklich. Wenn Du auch so dick und ganz aus Gold wärst wie der Mister Gott von den Indern, dann wär der Unterschied zwischen uns beiden nämlich riesig groß, und das stört. Mich jedenfalls.
Wie findest Du denn Deine Verwandten? Ich sag's bestimmt nicht weiter. Hauptsache, ich hör mal was von Dir. Die Gwendolyn aus der Blakerstreet hat gesagt, da kannste lange warten, Anna. Weil, den gibt es gar nicht, der ist nur so eine Erfindung. Das weiß sie von ihrem Vater.
Blödsinn, hab ich gesagt. Eine Erfindung ist was ganz anderes. Fynn seine Dampfmaschine ist eine Erfindung, aber Mister Gott ist doch keine Dampfmaschine oder so was. Stimmt's? Und die Nancy aus meiner Klasse hat noch was viel Schlimmeres über Dich gesagt, nämlich daß Du schon lange gestorben bist. Sonst würde nicht alles so drunter und drüber gehen in der Welt. Das hat sie in einem Buch gelesen.
Da hab ich geweint, wie bei der Beerdigung von Fynn seinen Kanarienvogel. Aber Fynn hat gesagt: Hör auf zu weinen. Denk doch mal nach! Wenn Mister Gott wirklich gestorben ist, ich meine, nehmen wir das nur mal zum Spaß an, dann ist er doch auf alle Fälle in den Himmel gekommen, so fromm, wie er immer war, und wenn Mister Gott im Himmel ist, dann ist doch alles okay – oder? Und das hat mich wieder froh gemacht.

Lieber Mister Gott, jetzt muß ich noch was fragen: Kannst Du mir morgen vielleicht beim Rechnen helfen? Wir kriegen nämlich Noten. Oder Du könntest mir in der Nacht einen Husten anwehen. Aber einen richtigen, echten. Dann kann ich morgen im Bett bleiben.
Fynn sagt, aus Angst vor Mrs. Cook ihre Noten brauchst du dir nicht in die Hosen zu machen, Fratz. Die Noten, die dir Mister Gott mal gibt, sind viel wichtiger als die von der alten Schachtel.
Lieber Mister Gott, ich wüßte so gern, ob ich mal gute Noten von Dir kriege, wenn Du die Zeugnisse verteilst. Du läßt mich doch bestimmt nicht sitzen, oder?

## 9
## *Herzfenster und Augenfenster*

Lieber Mister Gott!
Heut schreib ich Dir über mein Freund Fynn. Es gibt ja welche, die nicht genau wissen, wie Fynn ist, und das find ich traurig, weil Fynn, das ist der beste Mensch von der Welt. Er ist sehr groß und stark, aber er ist trotzdem sehr nett und sehr lieb. Er kann mich mit Schwung in die Luft werfen und dann auch wieder auffangen. Wie ein schöner Baum aus Mensch ist er. Aber das weißt Du ja auch.
Fynn sagt, wenn man in ein Haus wohnt, wo die Scheiben ganz schmutzig sind, und guckt raus, dann meint man, die Welt draußen ist so schmutzig, dabei ist sie es gar nicht. Und wenn man von draußen reinguckt ins Haus, dann denkste, es ist innen ganz schmutzig, aber das stimmt auch nicht. Es sind immer nur die Fenster, die schmutzig sind. Und Fynn sagt deshalb, nämlich, daß alle Menschen zwei verschiedene Arten von Fenstern haben: Die Augenfenster, davon haben sie zwei, und das Herzfenster, davon hat jeder nur eins. Die Augenfenster sind da, um rauszugucken, und das Herzfenster ist da, um nach innen reinzugucken. Wenn man weint, sagt Fynn, dann ist das nicht nur

wegen was Traurigem. Es ist auch dafür, daß man mal die Augenfenster putzen muß. Wenn sie dann sauber geworden sind von den Tränen, kann man besser durchgucken, und dann ist die Welt wieder viel heller als vorher.

Manchmal guck ich lieber durchs Herzfenster wie durch die Augenfenster. Weil, draußen kenn ich bald alles, was es zu sehen gibt. Aber wenn ich durchs Herzfenster nach innen reinguck, da seh ich immer Neues. Bei mir auch. Denn von innen, sagt Fynn, kennt sich niemand so gut, wie er seinen Garten kennt oder die Leute von gegenüber. Und das ist, weil das Herzfenster aus anderem Glas ist. Nach draußen, durch die Augenfenster, siehste meistens klarer, findet Fynn. Aber ich glaub, ich seh mit dem Herz besser.

Einmal hab ich Fynn gefragt, ob er was Süßes für mich hat, und er hat gesagt, nee. Da war ich enttäuscht und hab meine Augenfenster ein bißchen geputzt. Da war der ganze Schmutz von meiner Enttäuschung über keine Süßigkeiten drauf. Fynn hat mich an der Hand genommen, und wir sind vor den großen Spiegel gegangen. Da hab ich mich wie durch ein vollgespritztes Fenster gesehn, wo der Regen runterläuft. Das waren meine Tränen. Jetzt ist es genug, hat Fynn gesagt. Das war schon eine Vollwäsche.

Und wie ich aufgehört hab und die Tränen eingetrocknet waren, hab ich mich im Spiegel wie auf Hochglanz gesehn und Fynns Gesicht auch. Es lachte von einem Ende bis zum andern. Das war genauso schön zu sehen, wie was Süßes zu essen.

Fynn sagt: Ich würd dir ja was kaufen, Fratz, aber ich hab kein Geld mehr. Ich hab meine letzten Moneten gebraucht, um für Mrs. Barker Erdnüsse zu kaufen. Die braucht sie, um sie wieder zu verkaufen, weil sie Geld braucht, um für ihre Kinder was zu essen zu kaufen. Verstehst du?

Nee, sag ich. Wieso gibst du Mrs. Barker Geld für Erdnüsse und mir nicht? Manchmal bist du sehr umständlich, wenn du was Gutes tun willst. Genau wie Du, Mister Gott, deshalb sag ich ja auch immer, der Fynn ist Dir ähnlich ...

Ich merke schon, die Sache mit Mrs. Barker muß ich genauer erklären. Es war so: Mrs. Barker war eine nette kleine Frau, die vor dem Kino Erdnüsse verkaufte. Genauer gesagt, sie ging mit ihrem Korb voller Erdnußtüten von einem Kino zum andern. Eines Abends sah ich sie sehr bekümmert dastehen. Ihr Korb war leer, aber nicht, weil sie total ausverkauft war, sondern weil sie so knapp bei Kasse war, daß sie beim Großhändler nur für zwei Schillinge hatte einkaufen können. Dafür bekam sie nur ein paar Schaufeln Erdnüsse, die ergaben so zehn oder zwölf Tütchen voll. Im Nu waren die weg, aber verdient hat sie daran weniger, als man für ein Pfund Brot und ein paar Wurstzipfel zahlen muß. Mrs. Barker sah sehr verzweifelt aus. Sie traue sich gar nicht mehr zu ihren Kindern heim, sagte sie. Und da tat sie mir so leid, daß ich ihr meine zwei letzten Pfundnoten gab und dachte, dafür kriegt sie einen Zentner Erdnüsse auf Vorrat – oder zumindest einen halben Zentner, na, sagen wir einen viertel Zentner. Dafür müßte es reichen.

Sie wollte das Geld aber nicht annehmen, weil sie wußte, daß ich auch nicht gerade reich war.

»Na gut. Ich hab eine andere Idee«, sagte ich. »Dann besorge ich Ihnen die Erdnüsse. Ich meine, ich liefere sie Ihnen frei Haus! Sie brauchen sie nur noch einzutüten und zu verkaufen – zu Höchstpreisen, versteht sich.«

Da strahlte sie mich an, als hätte ich ihr einen Heiratsantrag gemacht. Man muß nämlich wissen, daß sie zwar Kinder hatte, aber keinen Mann, der für die Familie die nötigen Erdnüsse angeschafft hätte.

Und so kam es, daß ich kein Geld übrig hatte, um für Anna Süßigkeiten zu kaufen, und ihr klarmachen mußte, daß es gewissermaßen Süßeres gab als was Süßes zum Naschen. Gut, ich hätte ihr den Fall auch mit weniger Worten erklären können, und sie hätte sicherlich sofort verstanden, warum die muffigen ollen Erdnüsse für Mrs. Barker viel wichtiger waren als was Süßes für Anna, ja wichtiger vielleicht als alles andere, was Anna sonst für wichtig hielt. Selbst wichtiger als Mister Gott – jedenfalls im Augenblick und für Mrs. Barker. Doch zurück zu Annas Brief:

> … Wer Fynn mag, der muß genau in sein Herzfenster reinschauen, damit er ihn auch ganz richtig sehen kann. Dem Fynn sein Herzfenster kann nie schmutzig werden, weil Fynn, der hat so eine Art oder Kunst, ich weiß nich, aus allem, was schmutzig oder staubig ist, so was Schönes wie

Edelsteine oder Diamanten zu machen. Oder aus einem U-Bahn-Fahrschein einen gezackten Stern und aus ollen Lumpen eine bunte Puppe. Man kann das aber nur durch dem Fynn sein Fenster sehen. Sonst bleibt es ein Stück Dreck oder ein Lappen oder ein abgefahrener Fahrschein.
Und wenn man nicht in Fynn reinsehen kann, dann kann man ihn auch nicht richtig von außen erkennen. Weil, auch bei Fynn ist das meiste von ihm innen. Wie bei ein Engel oder fast wie …

Hier muß ich Annas Brief wieder unterbrechen und etwas erklären: Anna und ich hatten uns als Naturforscher betätigt und eine Messerspitze voll Straßendreck unters Mikroskop gelegt. Und da bei hundertfacher Vergrößerung aus jedem Sandkörnchen ein glitzernder Kristall wird, konnte ich Anna leicht eine ganze Diamantenkollektion vorführen. Und daß man einen Fetzen Papier nur ein paarmal zu falten braucht, um dann mit Hilfe einer Schere Ecken rauszuschneiden, damit beim Wiederauseinanderfalten ein wunderschönes Brüsseler Spitzendeckchen entsteht, das ist wirklich kein sehr schwieriges Zauberstück. Ganz zu schweigen davon, wie man mit Phantasie aus Stoffresten eine mehr oder weniger hübsche Puppe zusammennäht …

Für Anna aber waren das alles kleine Wunder – und nicht etwa, weil ich ihr das eingeredet hätte, sondern weil sie von mir, von ihrer ganzen Umwelt und an erster Stelle natürlich von Mister Gott eben nur Wunder erwartete.

Dabei war sie keineswegs der Ansicht, ihr zuliebe müßten am laufenden Band Wunder geschehen. So verwöhnt war sie nicht und auch viel zu vernünftig. Nein, sie hatte einfach eine andere Optik als wir anderen Menschenkinder. Sie sah überall dort Wunder, wo wir keine sahen – oder zumindest schon lange keine mehr. Deshalb hätte sie in ihrem Brief an Mister Gott eigentlich von ihrem eigenen Herzfenster sprechen müssen statt von meinem. Denn das ganz außergewöhnliche Anna-Fenster, ihre ganz persönliche, einmalige, wundersame Betrachtungsweise der Innen- und Außenwelt, die gab es wirklich. Die Briefe, »Notizien« und Geschichten, die sie uns hinterlassen hat, beweisen es. Und darin war sie mir, der ich so oft nur Gelerntes und Erfahrenes weitergab, haushoch überlegen. Dies also nur als Zwischenerklärung.

> … Einmal war Fynn ganz, ganz traurig, und da bin ich abends zu ihm ins Bett gekrochen. Ich wollt ihm weinen helfen. Weil er mir so oft lachen geholfen hat. Und man kann ja viel mehr zusammen machen wie nur lachen und Schulaufgaben. Auch weinen geht zusammen besser.
> Na gut, hat er gesagt, putzen wir unsere Augenfenster also gemeinsam. Kann ja nicht schaden. Und dabei hat er geweint und gelacht, halb und halb.
> Da ist noch was, Mister Gott, was ich Dir erzählen möchte. Der Fynn, der ist nämlich viel bei fremden Leuten statt bei sich selbst und bei mir. Und die Leute haben so viele Namen, die man sich gar

nicht merken kann. Da hab ich gesagt: Fynn, du kennst so viele Namen, und ich hab nur einen. Kannst du mir nicht mehr Namen geben, dann bin ich nicht so allein, wenn du bei den andern Namen bist. Dann bin ich zwei oder drei Namen und unterhalt mich mit ihnen.

Wenn du willst, hat er gesagt, kannst du so viele Namen haben, wie du willst. Ich nenn dir welche, und du kannst die behalten, die dir gefallen. Aber such dir nicht zu viele aus, sonst bringst du sie, wenn du allein bist, durcheinander oder vergißt sie wieder, und dann weißt du zum Schluß nicht mehr genau, wer du bist. Und das willst du doch nicht.

Kann man denn vergessen und nicht wissen, wer man ist? hab ich ihn gefragt. Und er hat gesagt: Ich glaub manchmal, die meisten Leute wissen es nicht.

Aber Mister Gott, der weiß doch immer, wer er ist – oder?

Da ist es dann andersrum. Da wissen die Menschen nicht genau, wer *er* eigentlich ist, hat Fynn von Dir gesagt.

*Ich* weiß es, hab ich ihm gesagt, und wenn er es doch mal vergißt, dann erinner ich ihn dran.

Daß er Mister Gott heißt?

Nee, daß er Mister Gott *ist*. Und das tu ich bestimmt, ich versprech's Dir.

Und dann hat Fynn angefangen, viele Namen für mich zu sagen, aber ich wollt nur zwei. Der eine war »Maus«, weil Fynn mal gesagt hat, ich bin eine Maus und mein Mausenest ist in seinem

Herz. Und der andre Name ist Fratz, weil er mich schon immer so genannt hat.
Weißt Du, Mister Gott, manchmal denk ich wirklich, Fynn ist ein Engel. Weil von ihm soviel innen ist. Und sonst ist das meiste von ein Mensch außen. In ein Engel kannst Du reinschauen und überall ist er Engel. In ein Mensch kannst Du auch reinschauen durchs Herzfenster, aber er ist nich überall ein Mensch, weil er an manchen Stellen ein Engel ist und an manchen ein Hund oder ein Esel und ein Schmetterling und ein Frosch. Fynn ist fast überall ein Engel. Nur auch ein ganz bißchen ein Igel und ein Brummbär, und irgendwo ist er auch Mensch. Aber da ist er am nettesten, wo er halb Engel ist und halb Mensch …

## 10
## *Der Friedhof ist ein Obstgarten*

Lieber Mister Gott!
Am liebsten geh ich mit Fynn auf den Friedhof. Fynn sagt, das ist Dein Obstgarten. Weil Du herkommst und die Seelen vom Boden aufliest wie Äpfel, wenn sie reif sind und runterfallen. Der Obstgarten gefällt mir, weil da sonst wenig Menschen sind, nur Eidechsen und Blumen. Fynn sagt, niemand geht gern auf ein Friedhof, wenn er nicht muß, weil die Toten angst machen. Aber ich find das nicht; denn es sind ja soviel Blumen bei den Toten und Grabsteine, und ich buchstabier die Namen so gern. Aber am schönsten sind die Gedichte auf den Steinen. Wenn Fynn sie mir vorliest, muß ich immer weinen und lachen zusammen, weil sie für beides gemacht sind.
Viele, die tot sind, sind gar nicht wirklich tot, sagt Fynn, sie warten hier nur, bis sie zu Dir in den Himmel reinkommen. Sie machen so was wie Mittagsschlaf zwischen dem Leben und der Ewigkeit. Stimmt das, Mister Gott?
Wir gehen immer bei dem dicken schwarzen Edelstein vorbei, der Susanne Miller gehört. Ich sage jedesmal, Hallo Susie! Wie geht's dir heute?, aber ganz leise.

Ich kenn sie schon von früher. Ich meine, wir besuchen sie jedesmal, und ich stell mir immer vor, sie macht nur gerade ein Nickerchen.
Und sie antwortet noch viel leiser: Soweit ganz gut. Schöne Grüße an alle, und betet für mich, wenn ihr Zeit habt.
Am öftesten treffen wir Deinen Sohn Jesus. So oft kann man gar nicht stehenbleiben, wie der einem hier begegnet. Meistens aus Stein, aber auch aus Eisen. Vielleicht kommst Du auch nur wegen Dein Sohn her und nicht wegen den Seelen von den Menschen? Dann warten die ja ganz umsonst auf Dich. Fynn meint, das würd Dir nich ähnlich sehn, und ich find das auch.
Fynn hat mit mir auf einer Bank gesessen und den Unterschied erzählt von den guten Toten und den schlechten. Der schlechteste ist Judas. Der liegt nirgends im Ganzen in einem Grab, aber in jedem ist ein bißchen von ihm, und auch ein bißchen von dem ungläubischen Thomas und von dem Richter, der sich die Hände gewaschen hat, und auch von Deinem Sohn. Immer ein kleines Stück von denen ist in jedem Grab mit drin und in jedem Mensch auch. Auch in mir, hat Fynn gesagt. Da hab ich weinen müssen, weil, was soll ich nun machen mit den vielen Stücken von anderen in mir drin?
Du mußt sehen, daß du mit allen zurechtkommst, hat Fynn gesagt.
Und wenn ich die Hälfte rausschmeiß?
Eine gute Idee, aber sehr schwer hinzukriegen.
Und wenn ich Mister Gott heute abend beim Gutenachtsagen bitte, daß er mir dabei hilft?

Das nützt sicherlich was. Aber das meiste muß man immer selber tun, hat Fynn gesagt.
Weißt Du, Mister Gott, ich glaub, da hat er recht. Aber vielleicht können wir heute abend beim Gutenachtsagen doch noch einmal drüber reden?
Dann sind wir von der Bank wieder aufgestanden, und Fynn hat mir von den Steinen wieder schöne Verse vorgelesen. Wenn ich mal tot bin, hab ich zu Fynn gesagt, mußt du mir auch ein Gedicht machen und auf einen großen Stein schreiben, der darf aber nicht schwarz sein, nur bunt.
Und er hat es mir versprochen. Aber er hat mir nich gesagt, wann er mit dem Gedicht anfangen wird. Morgen oder erst in den Ferien. Vielleicht erinnerst Du ihn noch mal dran?
Fynn sagt oft was, das man sich leicht merken kann. Und wenn man es sich nicht merkt, dann ist es zu schwierig gewesen, dann muß man noch mal von vorn anfangen mit Nachdenken, bis es so einfach geworden ist, daß auch eine Maus es verstehen kann und eine Blume.
Was Fynn neulich gesagt hat, ist das Einfachste von der Welt. Wenn was gut ist, dann tu's, wenn nicht, tu's nicht.
Und wie krieg ich raus, ob was richtig gut ist? hab ich ihn gefragt.
Wieder ganz einfach. Überleg, ob es nicht nur für dich, sondern auch für andere gut ist. Für Leute, auch solche, die du gar nicht kennst oder nicht so besonders magst, und für die Blumen, auch wenn es nur Brennesseln sind, hat Fynn gesagt.

Aber weißt Du, Mister Gott, das finde ich gar nicht einfach. Weil, dann ist vielleicht alles nicht gut, was man macht, nur weil es für ein einzigen schlecht ist. Da kommt man ja zu nix. Kannst Du mir da nicht helfen?

11

# *Über das Liebhaben*

Ach, Mister Gott!
Es gibt so viele Sachen, die ich gern schreiben würd, aber die Wörter wollen nicht, weil ich sie nicht alle kenne. Und der Bleistift will manchmal nicht und das Papier auch nicht. Über das Liebhaben ist es am schwersten zu schreiben. Fynn findet es auch schwierig. Aber versuch's doch mal, hat er gesagt.
Liebhaben ist eine komische Sache, weil man es nicht sehen kann und nicht hören und auch nicht anfassen. Woher weiß man dann, ob es so was überhaupt gibt? Ich mein, wie soll man wissen, ob einen der andre liebhat? Schön wär, wenn man nur für die zum Sehen wär, die man liebhat. Dann wüßt der andre gleich Bescheid.
Nein, nein, hat Fynn gesagt. Das ist das Beste am Liebhaben, daß man nicht genau weiß, was es ist und wie es weitergeht, wenn es angefangen hat, und ob es sich wirklich lohnt. Weil es oft mehr traurig ist als zum Freuen.
Lieber Mister Gott, warum hast Du das Liebhaben gemacht, wenn es so schwierig ist? Fynn hat gesagt, er glaubt, daß Du das selber nicht so ge-

nau weißt. Das sei Dir halt so mit rausgerutscht bei der Schöpfung. Und seitdem gibt es das nun mal, basta.
Basta sagt Fynn immer, wenn er nicht will, daß ich noch mal von vorn anfange mit dem Fragen. Er hört dann auf mit dem Denken, und ich tu's auch, um ihm einen Gefallen zu tun. Das ist dann auch Liebhaben, nicht?
Ich hab Fynn echt lieb und, lieber Mister Gott, Du weißt ja, wie ich Dich jeden Abend und noch öfter frag, wann ich Fynn heiraten kann. Und daß Du machen sollst, daß ich schneller so alt werd wie Fynn. Ich hab schon Sally und Cory und Millie gefragt, ob sie mir Fynn lassen, damit ich ihn heiraten kann und nicht sie, und sie haben gesagt, ja, klar …

Millie, Sally und Cory wohnten am Ende unserer Straße in dem Haus mit der roten Laterne, das ein ganzes Stück größer und feudaler war als unseres. Dort arbeiteten sie auch. Die drei und noch ein paar andere Mädchen, ziemlich hübsche übrigens. Daß sie mir immer zuwinkten, wenn ich am Haus vorbeiging, mochte Anna gar nicht. Dabei war Cory zum Beispiel nicht nur zu mir, sondern auch zu Anna nett. Die zwei waren sogar ein bißchen befreundet. Das heißt, solange Cory mir nicht zuwinkte …

Cory sagte, Anna sei für sie wie eine kleine Schwester und Anna werde es hoffentlich mal besser haben als sie und nicht so hart arbeiten müssen.

Diese Mädchen wußten, wie bitter es ist, wenn

man kein Geld für das Notwendigste hat, wie etwa für den Doktor. Als sie hörten, daß die kleine Mary aus dem Nebenhaus operiert werden müßte, damit ihre rachitischen krummen Beine wieder in Ordnung kämen, legten sie spontan zweihundert Pfund zusammen, um ihr zu helfen.

Oft haben Anna und ich mit einem der Mädchen oder allen dreien zusammen auf der Bank an der Bushaltestelle gesessen, und beinahe jedesmal kam die Sprache auf die Religion und den lieben Gott. Ich glaube, diese Mädchen waren die einzigen Menschen in meinem Bekanntenkreis, die sich wirklich bewußt waren, was es heißt, »daß wir allzumal Sünder sind«. Sie machten aus ihrer »Sünde« keinen Hehl, aber auch nicht aus ihrer Sehnsucht nach echter Freundschaft und einem anderen Leben, und sie sprachen viel über Themen wie »'ne Familie haben«, »jemanden liebhaben« und »mit Mister Gott klarkommen«. Den »Mister« hatten sie von Anna übernommen.

Von diesen Mädchen hat Anna eine Menge gelernt. Vielleicht gelegentlich auch mal ein Wort zuviel – na, wenn schon. Was wiegt denn ein zweideutiger Ausdruck gegen eine eindeutige Freundschaft, vor allem, wenn sie von Menschen kommt, die sich von aller Welt nur ausgenutzt und verachtet fühlen?

Als Anna einmal hörte, wie jemand sagte, die Mädchen täten etwas Schmutziges, sagte sie: »Und du hast schmutzige Schuhe an und ein Fleck aufm Hemd. Aber das macht nix. Ich guck dir nich aufs Hemd, sondern durchs Hemd, wie du drinnen bist.

Die Mädchen sind drinnen gut, das weiß ich – und du? Da muß man lang hingucken, bis man was Gutes sieht.«

Ja, mit schnellen Urteilen, vor allem mit Vorurteilen, für die sie einen Riecher hatte, durfte man Anna nicht kommen. Da gab sie sofort Kontra. Und zugleich wurden ihre Gedanken in Bewegung gesetzt. Das Resultat waren dann die typischen Anna-Fragen oder eine nachdenkliche Anfrage bei Mister Gott.

Lieber Mister Gott!
Es gibt etwas, das mich ganz traurig macht und was Du mal ändern solltest. Daß nämlich Sally, Millie und Cory kein richtigen Mann zum Liebhaben haben, wo sie doch alt genug dafür sind. Sie müssen immerfort suchen. Und wenn mal ein richtiger dabei ist, sagen sie, dann geht er trotzdem wieder weg. Fynn wär auch so einer, aber den heben sie für mich auf. Deshalb will ich ihnen ein andern besorgen, weil sie so nett sind und mir Fynn nicht wegnehmen, wenn ich mal nicht hingucke. Kannst Du ihnen nicht zur Belohnung einen ähnlichen Fynn schenken? Fast genauso wie Fynn, aber nicht ganz, damit wir sie nicht verwechseln können.
Fynn sagt, ich soll nicht so schwierige Sachen von Dir wünschen, daß Du Dir die Haare raufen mußt, um es hinzukriegen. Dabei würde dann nix Gescheites rauskommen. Wie bei einer zu schweren Rechenaufgabe, sagt er.
Drum bet ich was ganz Einfaches: Daß Du Sally

und Cory und Millie glücklich machen sollst, irgendwie, Hauptsache glücklich.
Fynn hat gelacht, wie ich ihm das gesagt hab. Das ist ja noch viel schwieriger, als vernünftige Männer für sie zu finden, hat er gemeint. Weil Glück so was ist wie eine Schneeflocke fangen. Wenn man sie hat, dann hält sie nicht lange. Und wums, ist das Glück weg wie der Schnee in der warmen Hand. Das Glück ist dann weg, und die Hand ist ganz kalt. Kennst Du das auch, Mister Gott, oder bist Du einfach immer glücklich?

12

# *Wozu die Zeit gut ist*

Daß Anna eine Meisterin im Wartenkönnen war, habe ich ja schon erwähnt. Sie besaß aber noch eine andere seltene Fähigkeit: Sie war nicht nachtragend. Ohne viel Aufhebens davon zu machen, ja, ohne sich dessen überhaupt bewußt zu sein, war sie – auch nach einem ergiebigen Tränenschwall und nach einem vehementen Wutausbruch – sofort bereit, sich wieder zu versöhnen, zu vergeben und zu vergessen.

Das beste Beispiel dafür war Annas Verhältnis zu »Mammi«. Mochte sie, bevor sie zu uns kam, auch von ihrer Mutter schlecht behandelt und vernachlässigt worden sein, sie trug es den Müttern nicht nach, und um nicht fortan so ganz ohne Mutter durchs Leben zu gehen, hatte sie sich eine ausgedacht, eine ideale »Mammi für innen«, mit der nichts schiefgehen konnte.

Davon abgesehen gab es natürlich noch meine Mutter, die sozusagen der Haushaltsvorstand war und von Anna sehr geliebt wurde. Aber die »Mama« spielte eine andere Rolle in Annas Leben und Denken und hatte nichts mit der »Mammi« zu tun.

Sie war also keine wirkliche Mutter und doch immer zur Stelle, wenn Anna sie brauchte. Sie hörte ihr zu und gab manchmal auch Antworten – die freilich nur Anna vernahm. Klar, Vorschriften machte diese Mammi nie und daß sie mal schimpfte oder mit Anna nicht vollkommen zufrieden war, das gab es nicht. Höchstens sorgen durfte sie sich ein bißchen, vielleicht auch mal müde sein und in ganz großen Ausnahmefällen mal nicht da sein. Etwa so wie Mister Gott. Sie war gewissermaßen eine Verwandte im Geiste von ihm. Im Vergleich zu ihm natürlich eine arme Verwandte, aber eine sehr, sehr liebe.

Lieber Mister Gott!
Kennst du meine Mammi? Bevor ich einschlafe, denk ich immer an sie. Wir sehen zusammen die Sterne blinken und freuen uns, daß wir nicht so weit weg sind wie die. Ob sie im Winter mit den Zähnen klappern, weil's da oben so kalt ist, und ob sie im Sommer schwitzen, weil sie so nah an der Sonne sind, das weiß Mammi auch nicht, denn sie ist ja nicht Du, nur 'ne Verwandte.
Es ist einfacher, Mammi zu verstehen als Dich, weil, Mammi ist so durchsichtig wie 'n Spinnengewebe, und Du, hinter Dir sieht man nicht weiter, weil dahinter Schluß ist. Wenn da noch ein anderer käme, dann wärst Du ja nur der zweite Mann in der Welt, aber Du bist der erste.
Mammi kann ich einfach einen Kuß geben, Dir aber nicht, da muß ich warten, bis Du damit anfängst, hat Fynn gesagt. Mammis Küsse sind, wie wenn ich Schneeflocken mit den Lippen auffange

oder an einem Bonbon lutsche. Und meine Küsse sind auch so, sagt Mammi. Der ihre Küsse sind nicht so wie Fynns Küsse, die immer so ein komisches Geräusch auf der Backe machen. Und Deine Küsse, Mister Gott, die sind wie Donner. Da find ich die von Mammi und Fynn fast schöner, aber das radier ich lieber wieder aus, sonst denkst Du, die Anna, die küß ich nie wieder.

Wenn Mammi lächelt, sieht es aus wie ein Geheimnis, das sie dahinter versteckt hat. Fynn und Cory und all die andern, die lachen ganz anders. Manchmal versuch ich, wie Mammi zu lächeln, weil, wenn ich Geheimnisse hab, ist es interessant für Fynn zu wissen, welche. Dann ist er neugierig und geht nicht gleich wieder weg. Wenn es keine Geheimnisse gäbe, würden vielleicht alle Menschen aneinander vorbeigehen, denn wenn jeder weiß, was der andere denkt, ist es langweilig. Wenn wir alle wüßten, was Du denkst, Mister Gott, wärst Du nicht was ganz Besonderes, denk ich. Weil ich es aber nicht weiß, möcht ich's gern rauskriegen. Das kann man stundenlang probieren, ohne daß es einen langweilt wie in der Rechenstunde das kleine Einmaleins. Aber irgendwann muß ich doch zu denken aufhören, sonst kann ich nicht einschlafen, und am Morgen krieg ich die Augen nicht auf, dann schimpft Fynn, weil er mich auf'm Rad mit hundert Sachen zur Schule bringen muß.

Mammi ist die schönste Frau. Noch schöner als Sally, Millie und Cory. Und sie braucht sich dafür nicht extra anzumalen. Sie ist außen schön und innen. Wie ein Engel. Aber nicht nur überall weiß, sondern bunt wie eine Wiese. Sie ist aus vielen Blumen zusammengesetzt. Ich würd sie zählen wie manchmal die Falten auf Fynn seiner Stirn, aber es sind viel, viel mehr. Ich kann nicht so weit zählen, wie ich will, weil es nicht genug Zahlen gibt.

Fynn hat gesagt, das stimmt nicht. Es gibt mehr Zahlen wie Blumen, man braucht nur sehr viel Zeit, sie alle aufzuzählen. Und wenn man bei der letzten Zahl endlich angekommen ist, wie geht's dann weiter? hab ich ihn gefragt. Er hat gesagt, es gibt keine letzte Zahl, man kriegt es nur satt, immer weiter zu rechnen, und das ist dann die Unendlichkeit. Von da an braucht man nicht mehr zu rechnen.

Lieber Mister Gott, wenn Du die Unendlichkeit schon ein bißchen eher anfangen lassen könntest, dann würd ich nicht immer so lang rechnen müssen und der Lehrer auch nicht. Bei tausend könntest Du ruhig schon die Unendlichkeit anfangen lassen, dann hätten wir mehr Zeit für was anderes als nur für Zählen.

Mammi hat immer für mich Zeit, weil sie keine Uhr hat. Bei Fynn ist es umgekehrt. Er guckt dauernd auf die Uhr und hat dann plötzlich keine Zeit. Das Blöde an der Uhr ist die Zeit. Weil, sie ist noch viel unordentlicher als ich. Wenn ich auf Fynn warte, ist sie ganz langsam. Und wenn er da ist, dann läuft sie ganz schnell. Wenn ich schlaf, ist sie gar nicht da, erst wieder, wenn ich aufwach. Und dann ist sie schon so spät, daß Fynn schimpft. Warum bringen wir die Zeit nicht zum Uhrmacher, wenn sie immerzu falsch geht? Ganz einfach, hat Fynn gesagt, weil unser Uhrmacher nur ein ganz kleiner ist und immer nur das Gehäuse saubermacht, nicht die ganze Zeit in Ordnung bringt. Er behauptet dann: Jetzt geht sie wieder prima.

Aber das stimmt nicht. Denn sie hat sich nicht geändert. Um die Zeit so hinzukriegen, wie es mir paßt, müßte man sie zum größten Uhrmacher von der Welt bringen, sagt Fynn. Nur der könnt sie so reparieren, daß sie mich nicht mehr ärgert.

Und wer ist der größte Uhrmacher? hab ich Fynn gefragt, und er hat gesagt: Dreimal darfst du raten.

Kenn ich ihn denn?

Besser als ich.

Da wußt ich schon: Das bist Du, Mister Gott. Hätt ich mir gleich denken können, weil Du doch in allen Berufen der größte bist. Bei den Uhrmachern, bei den Pfarrern, den Kirchenbauern und bei den Gedichteschreibern. Aber dann hab ich gedacht, daß es eigentlich furchtbar schade ist, daß ich mit Dir nicht drüber reden kann, weil ich wirklich mal gerne gewußt hätte, was eigentlich Zeit ist.

Kannst du's mir nicht endlich erklären? hab ich zu Fynn gesagt. Und im selben Moment hat er zu mir gesagt: Erklär du mir mal die Zeit, Fratz.

Da haben wir gelacht, auch beide auf einmal. Und dann hat sich keiner mehr getraut, was zu sagen, weil es blöd ist, wenn alle auf einmal reden und Fynn mir deshalb nicht zuhört. Drum waren

wir beide ganz still. Aber wenn zwei lange nix sagen, ist das wie wenn's nachts im Keller still ist.
Nach einer Stunde oder so, als es nicht mehr auszuhalten war, hab ich Fynn angestubst, und er hat gefragt: Was ist?
Da hab ich gesagt: Jetzt weiß ich, wozu die Zeit gut ist.
Na, wozu? hat Fynn wissen wollen.
Die Zeit ist dazu da, daß nicht alles auf einmal geschieht, sondern schön der Reihe nach, hab ich gesagt.
Genau, hat Fynn geantwortet. Das ist *die* Erklärung. Daß ich darauf nicht von allein gekommen bin!
Also manchmal ist Fynn doch nicht so gescheit, wie ich denke, oder findest Du nicht, Mister Gott?
Aber ich wollt Dir ja noch mehr von Mammi erzählen.
Mammi ist anders wie alle andern, denn wenn sie mich nicht stören soll, dann tut sie es auch nicht. Manchmal ist es schön, wenn sie nichts sagt und nur zuhört, und manchmal ist es schön, wenn sie was sagt. Wenn sie nichts sagt, dann lächelt sie aber wenigstens, auch wenn sie gar nicht müßte. Immer macht sie ein nettes Gesicht zu mir. Weil sie drinnen ist von mir und nicht draußen.
Mammi ihr Lächeln ist so groß, daß man nicht genau sehen kann, wo es anfängt. Manchmal fängt es an ihren Zehenspitzen an oder an ihren Fingern und mal an ihrem Bauch. Oder es kommt aus ihren Augen raus, vielleicht auch mal von

ihrem Mund. Man sieht schon vorher, wenn es gleich dasein wird, und dann ist es schön, drauf zu warten, bis es ganz da ist. Das ist so wie ein Geschenk, von dem man schon ein bißchen was kennt, weil man vorher nachgeguckt hat, wie an Weihnachten.

Wenn ich nicht über Mammi nachdenken würd, dann würd es sie nicht geben, und das wär traurig. Weil es sie aber nur für mich allein gibt, brauch ich keine Angst um sie zu haben, und niemand kann ihr was Böses tun und niemand schlecht über sie reden wie über Sally und Millie und Cory vom letzten Haus in der Straße.

Ich bin froh, daß Du erlaubst, daß es Mammi gibt und auch, daß es mich gibt, denn wenn es mich nicht geben würd, dann würd ich mich gar nicht kennen. Und ich ohne mich, das wär traurig. Aber ohne Dich wär's noch trauriger und drum dank ich Dir schön für uns alle …

Bis bald
Anna

## 13
## *Sie ist schon mal vorausgegangen …*

Dieses so leicht hingeschriebene »Bis bald« sollte eine tiefere und traurigere Bedeutung erhalten, als alle Freunde von Anna zu ahnen und zu begreifen vermochten. Nur Anna selbst mag es letzten Endes vielleicht gar nicht so traurig vorgekommen sein, was ihr da plötzlich widerfuhr. Hatte sie nicht oft gemault, daß sie keine Lust habe, erwachsen zu werden, »weil die Großen so weit weg von der Erde sind«?

»Mit dem Kopf meinst du?«

»Auch mit den Füßen.«

Daran muß ich immer wieder denken, seit sie damals so unerwartet für immer weggegangen ist. Man fragt sich dann unaufhörlich: Warum? – und findet keine Antwort. Anna hätte gesagt: »Mister Gott wird bestimmt einen ganz wichtigen Grund dafür gehabt haben.«

»Aber welchen, Fratz?«

»Das rechnet er einem nicht so genau vor. Sonst wäre er ja ein Rechenlehrer und kein Mister Gott.«

»Du hast recht, Anna. Gott ist nun mal kein Schulmeister.«

»Und auch kein Briefeschreiber!«

Ja, manchmal hat Anna es Mister Gott echt übelgenommen, daß er ihr nie einen Antwortbrief schickte und im Briefkasten immer nur Rechnungen, Mahnungen und Reklamezettel lagen. Aber im Grunde wußte sie natürlich, daß Mister Gott auf andere Weise antwortete, nämlich »direkt in mein Herz rein«. Und sie sah ein, daß es einfacher für ihn war, an alle Menschen zu denken, als an alle zu schreiben.

»Hauptsache«, tröstete sie sich selbst, »er weiß, was man ihm sagen will. Er hat ja sowieso schon mitlesen können, wie ich die Briefe geschrieben hab. Stimmt doch, was du gesagt hast, daß er immer ein Auge auf mich hat?«

»Das ist richtig, Fratz.«

»Schön wär's, wenn er mal zwei Augen auf mich hätte ...«

»Anna«, protestierte ich. »Was soll er denn noch alles für dich tun?«

»Mich mitnehmen!«

»Wieso? Willst du denn nicht bei mir bleiben?«

»Doch. Aber manchmal möcht ich schon ein Stück in den Himmel vorauslaufen – und mich irgendwo verstecken und dort auf dich warten. Dann ist es wieder wie damals am Hafen, und wir lernen uns noch mal neu kennen. Wär doch schön – oder?«

Wie sie selbst ja schon berichtet hat, mußte ich Anna immer die Grabsprüche vorlesen, wenn wir über den Gemeindefriedhof spazierten. Einmal, nachdem sie einen besonders schönen, zu Herzen gehenden Spruch gehört hatte, sagte sie: »So einen mußt du mir auch schreiben – vielleicht sogar einen noch schöneren, damit alle heulen, die ihn lesen, wenn ich da drunter liege. Versprichst du mir das?«

»Ja, klar«, sagte ich. »Aber das hat doch noch Zeit. Daran muß du mich in -zig Jahren wieder erinnern. Wenn ich nicht überhaupt vor dir sterbe. Ich bin doch viel älter.«

»Aber man stirbt doch nicht der Reihe nach – oder?«

»Nein, das nicht.«

»Also, dann fang doch schon mal mit Dichten an. Sonst mußt du dich nachher so beeilen.«

Ich setzte mich natürlich trotzdem nicht gleich hin, um einen Grabspruch für sie zu schreiben. Und ich hoffte, sie würde nicht mehr darauf zurückkommen. Aber da kannte ich Anna schlecht. Sie kam auf alles zurück.

Nach ein paar Tagen wollte sie wissen, wie weit ich sei.

»Womit?«

»Na, mit mein Grabspruch.«

»Muß denn das sein?« brummte ich nur.

»Wenn du's nicht machst, muß ich's am Ende noch selber machen«, seufzte sie.

Als es dann zu spät war, viel zu spät, um Anna damit noch bei Lebzeiten zu erfreuen, schrieb ich endlich das lang versprochene Grabgedicht für sie. Aber nicht für den Friedhof draußen, sondern nur für das Grab in meinem Herzen. Von dorther, wo sie jetzt ist, kann Anna es bestimmt ohne Mühe ablesen.

In mir wohnt Anna, sie ist nicht tot.
Genausowenig wie Mister Gott.

Ich bin noch in der Welt gefangen,
Sie ist schon mal vorausgegangen.

# *Inhalt*

*»Hallo, Mister Gott, hier spricht Anna«*

*Anna schreibt an Mister Gott*

Jean Webster

**Daddy Langbein**

Roman

Mit Zeichnungen der Verfasserin

Deutsch von Margret Boveri

Band 14851

Viele hunderttausend Leser in der ganzen Welt kennen ›Daddy Langbein‹, die Geschichte von Judy Abbott, dem Waisenkind, und ihrem geheimnisvollen Gönner, der sie aus dem grauen John-Grier-Heim herausgeholt und aufs College geschickt hat und dem sie als einziges Entgelt in regelmäßigen Briefen über ihren Bildungsfortschritt berichten muss. Aber schnell wird daraus ein fast tägliches Bedürfnis, diesem gewissen Mr. Smith, den sie lieber Daddy Langbein nennt, von den Schwierigkeiten ihres neuen Lebens zu erzählen, vom Glück der ersten Bildungserlebnisse und Erfolge, von ihren Sehnsüchten und Träumen. Weil sie die witzigsten und originellsten Einfälle von der Welt hat und sich überdies zu einem begabten und hübschen Mädchen entwickelt, spinnt sich auch eine zarte Liebesgeschichte an – allerdings mit verblüffendem Schluss.

Fischer Taschenbuch Verlag

fi 14851 / 1

Werner Lansburgh

**Wiedersehen mit Doosie**

Meet your lover to brush up your English

Band 8033

Es ist ein wirkliches »Wiedersehen mit Doosie« – fünfundzwanzig Liebesgeschichten kreisen hier übermütig und ernst zugleich um die Geschichte der einen großen Liebe – the one great love between author and reader, teacher and pupil, Briefschreiber und Briefempfänger. So merkwürdig es klingt: Dies ist trotz provokatorisch frecher Liebeleien mit allen möglichen »Doosies« eine sehr zarte und innige Liebesgeschichte mit der einen »Du-Sie« – mit Ihnen, dem Leser. Werner Lansburghs pädagogischer Trick gelingt erneut: Man merkt es kaum, wenn der Text vom Deutschen ins Englische überwechselt, und lässt sich vom Autor sogar dazu verführen, die Kontrollfragen zu beantworten, die den unmerklich erweiterten Wortschatz prüfen. Welcher Lehrer bietet Englischunterricht in dieser Form?

Fischer Taschenbuch Verlag

fi 28033 / 1

Roddy Doyle

**Paddy Clarke Ha Ha Ha**

Roman

Aus dem Englischen von Renate Orth-Guttmann

Band 13176

Es ist 1968. Patrick Clarke ist zehn Jahre alt, und abends sitzt er vor dem Fernseher, knabbert Chips und sinniert über die amerikanischen Soldaten, die im Mekong-Delta gegen »Gorillas« kämpfen. Er liebt den Geruch seiner Wärmflasche und das Gefühl im Mund, wenn er eine Lebertrankapsel zerbeißt. Er hasst Zoos, lässt sich ungern küssen und empfindet die Jungs aus der neuerbauten Sozialsiedlung als seine natürlichen Feinde. Seinen kleinen Bruder Sinbad kann er nicht ausstehen, dafür ist Kevin sein bester Freund, mit dem er Fußball und Verbrechen spielt. Dennoch ist Paddys Welt alles andere als heil: Sein Vater trinkt zu viel und streitet immer häufiger mit seiner Mutter, und schließlich bekommt auch die Freundschaft mit Kevin einen Riss. Ohne Psychologisierungen, unsentimental und nüchtern, zeichnet Doyle das Leben dieses kleinen Jungen nach, der aus dem Paradies der Kindheit vertrieben wird. Ein einfühlsames, stilsicheres Porträt eines zehnjährigen Jungen und seiner Welt.

Fischer Taschenbuch Verlag

fi 13176 / 1

Malachy McCourt

**Der Junge aus Limerick**

Erinnerungen

Aus dem Englischen von Claudia Feldmann

Band 14972

Während Bruder Frank als Englischlehrer arbeitet, macht sich der jüngere Malachy auf, New York zu erobern. Er arbeitet als Hafenarbeiter, wird Barkeeper, spielt Theater und verdingt sich als Goldschmuggler nach Indien. An Geld und Frauen mangelt es ihm nicht. Aber die Erinnerung an die Kindheit in Limerick und an seine Eltern bleibt lebendig.

»Beste Unterhaltung und oft zum Brüllen komisch.«
*Frankfurter Rundschau*

Fischer Taschenbuch Verlag

fi 14972 / 1

Marianne Fredriksson

**Eva**

Roman

Aus dem Schwedischen von Walburg Wohlleben

Deutsche Erstausgabe

Band 14041

Eva ist erfüllt von Sorge: Ihr ältester Sohn hat den jüngeren getötet. Um begreifen zu können, was eigentlich geschehen ist, muss Eva die Spuren ihres eigenen Lebens zurückverfolgen. Sie macht sich auf in das Land ihrer Kindheit – ins Paradies.

Mit ihrem ersten Roman, der sie in Schweden auf Anhieb bei einer breiten Leserschaft bekannt machte, erzählt Marianne Fredriksson nachdenklich und voller Phantasie von Evas Suche nach den eigenen Wurzeln und eröffnet zugleich ganz unpathetisch ein neues Verständnis von Schöpfungsgeschichte und »Sündenfall« aus weiblicher Sicht.

Fischer Taschenbuch Verlag

fi 14041 / 1

Marianne Fredriksson

**Abels Bruder**

Roman

Aus dem Schwedischen von Walburg Wohlleben

Deutsche Erstausgabe

Band 14042

Mit »Abels Bruder« setzt Marianne Fredriksson ihren Romanzyklus über »Die Kinder des Paradieses« fort. Behutsam und einfühlend erzählt sie die dramatische Geschichte des Brudermörders Kain. Wir begegnen einem kraftvollen, klugen, aber innerlich zerrissenen Kain. Die Schuldgefühle lasten wie ein Fluch auf ihm. Und eines Tages flieht er in das Paradies, von dem Eva ihm erzählt hat, zu dem Volk, das keine Worte kennt.

Fischer Taschenbuch Verlag

fi 14042 / 1

Marianne Fredriksson
**Noreas Geschichte**
Roman
Aus dem Schwedischen von Walburg Wohlleben
Deutsche Erstausgabe
Band 14043

Norea ist die Tochter von Adam und Eva, eine Gestalt aus den alten Menschheitsmythen – und ein Kind mit ganz besonderen Gaben. Denn Norea sieht das »Verborgene«. Sie kann in die Zukunft schauen, in die Herzen der Menschen blicken und über Grenzen hinaussehen, die wir höchstens im Traum überschreiten.

Eva spürt von Anfang an, dass dieses spätgeborene Mädchen von all ihren Kindern das Glücklichste ist. Von klein auf fühlt Norea sich eins mit der Natur, mit den Tieren und Pflanzen. Doch dieses sichere Gefühl für die Einheit der Schöpfung schützt sie nicht vor harten Schicksalsschlägen.

Fischer Taschenbuch Verlag

fi 14043 / 2

Astrid Paprotta

**Der Mond fing an zu tanzen**

Roman

Band 14180

Conny lebt im Frankfurter Bahnhofsviertel davon, mit Gelegenheitsbekanntschaften – Frauen wie Männern – gegen Bezahlung eine Nacht zu verbringen. Gemeinsam mit ihrer alkoholkranken Mutter Catalina, einer ehemaligen Prostituierten, und ihrem Freund Willi versucht sie, ihren Traum vom großen Glück zu verwirklichen: mit einer Tasche voller Geld nach London zu fliegen und dort ganz neu anzufangen. Als sie den zwielichtigen Straßenhändler Schick kennenlernt, scheint ihre Chance gekommen ... Astrid Paprotta spürt in ihrem ersten Roman den Abgründen, Hoffnungen und Träumen von Menschen nach, die im Zentrum der Großstadt und am Rand der Gesellschaft leben. Dabei entsteht ein tragikomisches Bild der Metropole und ihrer einsamen Bewohner auf der Suche nach Liebe und Wärme.

Fischer Taschenbuch Verlag

fi 14180 / 1